삼국유사 이야기,
천년도 하루 같은 옛사람들 이야기

204

삼국유사 이야기,

천년도 하루 같은 옛사람들 이야기

전국국어교사모임 기획 · 김수업 글 · 조정림 그림

Humanist

'국어시간에 고전읽기' 시리즈를 펴내며

고전을 읽어야 한다는 가르침은 어릴 때부터 귀가 따가울 만큼 들었다. 그러나 몸소 이를 따르는 사람은 흔치 않다. 종종 고전을 가까이하는 사람들이 있는데 이들은 대체로 삶을 헛되이 보내지 않고 훌륭한 일을 이루어 세상에 뚜렷한 이름을 남겼다. 고전 안에 그만큼 값진 속살이 들어 있기 때문이다.

고전이 이처럼 깊은 가치를 지녔는데 어째서 고전을 읽는 사람은 흔치 않을까? 아마도 고전이 사람을 쉽게 끌어당겨 주지 않기 때문일 것이다. 고전은 우리에게 섣불리 손짓을 하지도, 눈웃음을 치지도 않는다. 고전은 끈기를 가지고 파고들어 오는 사람에게만 마지못한 듯이 웃음을 지으며 속내를 털어놓는다. 고전은 요즘보다 훨씬 무뚝뚝하던 옛날에 이루어진 삶이며 글이기 때문이다.

그래서 우리는 청소년들이 고전을 즐겨 읽을 수 있도록 마음을 다했다. 뻣뻣하고 까칠한 고전을 달래서, 부드럽고 친절하게 청소년을 끌어당기도록 손을 쓰고 공을 들였다. 멋없이 무뚝뚝하던 고전을 정성껏 매만져서 두 팔을 활짝 벌리고 청소년들을 끌어안을 수 있도록 탈바꿈했다.

고전은 이제 온전히 겉모습을 바꾸어 청소년들을 맞이할 것이다. 자칫 속살까지 탈바꿈한 것처럼 보일지 몰라도 책을 읽다 보면 예스러운 고전의 맛과 멋을 한껏 느낄 수 있을 것이다. 우리는 무엇보다도 고전이 고전다운 속내와 뼈대를 온전하게 지니도록 하는 데 힘을 쏟았다.

고전은 시공간을 뛰어넘고, 나라와 겨레를 뛰어넘어 세상 모든 사람에게 큰 울림을 준다. 《시경》, 《탈무드》, 《오디세이아》, 셰익스피어와 괴테의 작품이 세상 모든 이에게 가르침을 주듯이, 우리의 고전도 모든 이에게 값진 가르침을 줄 것이다. 가르침이 서로 다르기는 하지만 높낮이가 있는 것은 아니다. 그러므로 세상 고전을 두루 읽어야 하는 것이나, 우리는 우리네 고전부터 읽는 것이 마땅한 차례다.

이런 뜻으로 전국국어교사모임에서 '국어시간에 고전읽기' 시리즈를 펴낸 지 십 년이 되었다. 누구나 두루 즐기며 읽을 수 있도록 쉽게 풀어 쓰고 맛깔나고 재미있는 작품으로 재창조하려고 무던히도 애썼다. 다행히도 많은 독자로부터 분에 넘치는 사랑을 받았고, 우리 고전을 가까이하고 즐기는 청소년들이 많이 늘어 고마울 따름이다.

지난 십 년처럼 묵묵하게 이 시리즈를 이어 갈 생각으로 첫 마음을 되새기며 글과 그림을 더하고 고쳐 좀 더 새로운 얼굴의 우리 고전을 세상에 다시 내놓으려 한다. 이 책을 통해 우리 청소년들이 풍성하고 가치 있는 고전의 바다에 풍덩 빠질 수 있기를 기대해 본다.

2012년 11월
전국국어교사모임

《삼국유사 이야기》를 읽기 전에

사람은 이야기를 하고 들으면서 삽니다. 옛날 사람도 그랬고, 요즘 사람도 그렇고, 뒷날 사람도 그럴 것입니다. 그런데 새천년으로 들어서며 세상 곳곳에서 '이야기하기(스토리텔링)'니 '이야기하는 사람(호모 나랜스)'이니 하는 말이 나타났습니다. 삼백 년 산업문명의 시대가 저물고 문화문명의 시대가 동터오고 있으며, 새로운 문화문명의 시대를 이끌어 갈 사람은 '뛰어난 이야기꾼(그레이트 스토리텔러)'일 것이라는 미래학의 예언에 정신이 번쩍 들었기 때문입니다. '뛰어난 이야기꾼'이란 먼 옛날 신화를 만들던 무당을 뜻합니다. 그런 무당처럼 남다른 상상력으로 뛰어난 이야기를 만들어내는 사람이 새로운 문화문명을 이끌어 갈 임자라는 것입니다.

우리 겨레는 일찍이 서로 아주 다른 세상에서 살아온 두 겨레가 이 땅에서 만나 하나의 겨레로 어우러졌습니다. 하나는 남녘 바다에서 올라온 겨레고, 하나는 북녘 바이칼 호수에서 내려온 겨레입니다. 남녘 겨레는 온갖 목숨이 바다와 땅 밑에서 올라오는 것을 눈으로 보고 몸으로 겪으면서 바다와 땅 밑에 목숨의 임자가 있다는 믿음을 지녔고, 북녘 겨레는 온갖 목숨이 햇볕을 받아서 살아간다는 것을 눈으로 보고 몸으로 겪으면서 하늘과 해가 목숨의 임자라는 믿음을 지녔습니다. 이들 두 가지 겪음(체험)과 믿음(신앙)은 서로 동떨어진 것이므로 서로 어우러지기 어렵습니다. 그러나 우리는 그처럼 동떨어진 겪음과 믿음을 하나로 아우르며 한겨레가 되었고, 그만큼 세상을 보는 눈과 세상 너머를 헤아리는 마음이 넓어지고 깊어지고 높아졌습니다.

《삼국유사 이야기》열에 아홉은 신라 사람과 그들의 삶을 들려줍니다. 그밖에 겨우 열에 하나쯤이 고조선, 부여, 고구려, 백제, 가야 이야기입니다. 그러니 우리 겨레가 일찍이 남녘 먼바다에서 올라오고 북녘 바이칼 호수에서 내려와 남으로 제주와 한반도를 차지하고 북으로 요하 큰 강을 젖줄 삼아 동서 수만 리를 차지하여 눈부시게 빛나는 문명을 일으키며 살아온 자취를 생각하면 참으로 '새 발에 피' 같은 이야기일 뿐입니다. 그렇지만 북으로 고조선, 부여, 고구려의 이야기와 남으로 신라, 백제, 가야의 이야기를 곰곰이 헤아려 읽어 보면 북녘에서 하늘과 해가 목숨의 임자라는 믿음으로 살고 남녘에서 바다와 땅 밑에 목숨의 임자가 있다는 믿음으로 살던 우리 겨레의 모습을 고스란히 만나 볼 수 있어서 더없이 반갑습니다. 그리고 부처님과 스님 이야기가 눈에 띄게 많은 것은 《삼국유사》를 지은 일연스님이 불교를 드높이려 했기에 그렇기도 하고, 또 신라 왕실이 8세기부터는 나라를 온통 '부처님 나라(불국)'로 거듭나게 만들었기에 그렇다는 점을 헤아리시기 바랍니다. 아무튼 《삼국유사》 속 이야기는 우리 배달겨레의 이야기 가운데 글말에 적혀 내려오는 맨 처음 것이라 그만큼 보배롭고, 따라서 일연스님이 고맙습니다.

2015년 1월

김수업

차례

하나 ⋯ 나라 세운 이야기

둘 ⋯ 임금 된 이야기

"《삼국사기》와 《삼국유사》 중에서

하나를 택하여야 할 경우를 가정한다면,

나는 서슴지 않고 **후자를 택할 것이다.**"

– 육당 최남선

하나 …
나라 세운 이야기

고조선 단군왕검

하늘 서낭과
땅 곰이 낳은 아기

먼 옛날 옛적, 하늘에 하느님(환인)의 작은아들 환웅이 있었다. 그는 자주 하늘 아래를 생각하고 사람 사는 세상에 마음을 빼앗기곤 했다. 아버지 환인은 아들 환웅의 뜻을 알고 하늘 아래 삼위(세 높은 뫼)의 하나인 태백(백두산)을 내려다보았더니 과연 사람 사이(세상)를 널리 이롭게 할 만했다. 이에 아들 환웅에게 천부인(하늘 도장) 셋을 주며 일렀다.

"땅으로 내려가서 세상 사람들을 잘 다스려라."

• **환인**(桓因) 우리말 '큰 말미'를 한자로 적은 것이다. '환(桓)'은 크다는 뜻의 우리말 '한'을 소리에 맞추어 한자로 적은 것이고, '인(因)'은 말미암다 하는 우리말 '말미'를 뜻에 맞추어 한자로 적은 것이다. 그래서 환인은 '온 누리를 있게 하는 가장 큰 말미', 곧 '하느님'이다.

• **환웅**(桓雄) 우리말 '큰 어른'을 한자로 적은 것이다. '환(桓)'은 크다는 뜻의 우리말 '한'을 소리에 맞추어 한자로 적은 것이고, '웅(雄)'은 우리말의 '사나이' 또는 '어른'을 뜻에 맞추어 한자로 적은 것이다. 그래서 환웅은 '온 세상에서 가장 큰 어른', 곧 '하느님의 아들'이다.

15

환웅이 무리 삼천을 거느리고 태백 꼭대기의 신단수(하늘 박달나무) 아래에 내려와서 자리를 잡고, 거기를 신시(하늘 마을)로 삼았다. 이분이 곧 환웅천왕(큰 어른 하늘 임금)이다.

환웅천왕은 풍백(바람 서낭), 우사(비 서낭), 운사(구름 서낭)를 거느리고 자연을 다스렸다. 또 먹을거리, 목숨, 질병, 형벌, 착함과 악함을 맡아서 사람을 다스렸다. 그는 스스로 세상에 머무르면서 사람 사이에 벌어지는 삼백예순 넘는 온갖 일까지 올바른 삶의 이치대로 가르치며 이끌었다.

이때 곰 한 마리와 범 한 마리가 같은 굴 안에서 살고 있었다. 그러면서 늘 자신들도 사람이 되게 해 달라고 환웅천왕에게 빌었다. 마침내 때가 되자 환웅천왕은 신령스러운 쑥 한 자락과 마늘 스무 뿌리를 주면서 곰과 범에게 일렀다.

"너희들이 이것을 먹으며 백 날 동안 햇빛을 보지 않으면 사람의 모습으로 탈바꿈할 수 있을 것이다."

곰은 쑥과 마늘을 받아서 먹으며 스무하루 동안 햇빛을 보지 않아 여인의 몸으로 탈바꿈했다. 그러나 범은 이를 제대로 지키지 못한 탓에 사람의 모습을 얻지 못했다.

---

* **서낭** 하느님의 심부름꾼이다. 하늘과 땅을 오르내리며 하느님과 사람이 서로의 뜻을 주고받을 수 있도록 심부름을 한다. 지난날에는 마을마다 서낭이 머무르는 서낭당, 서낭을 모시고 다니는 서낭대, 서낭이 하늘로 오르내리는 당나무, 서낭당이 있는 당산이 있었다. 무당은 어디서나 서낭을 모시고 굿판을 벌여 사람과 하느님 사이에 서로의 뜻을 주고받는 자리를 마련한다.
* **곰** 땅님, 곧 땅과 물 밑에 있는 큰 서낭의 이름이다. 이를 '곰'의 뜻을 지닌 한자로 '웅(熊)'이라 적었다.

웅녀(곰 여인)는 더불어 짝을 지을 사람이 없어서 날마다 신단수 아래로 찾아와 아기를 갖게 해 달라고 빌었다. 이에 환웅천왕이 잠깐 사람으로 탈바꿈하여 짝을 지어 주었다. 웅녀는 바라던 대로 아기를 가져 아들을 낳았으니, 이분이 곧 단군왕검(박달 임금)이다.

중국에서 요가 임금 자리에 오르고 쉰 해가 되던 경인년에 단군왕검이 평양성에 도읍을 세워 처음으로 나라 이름을 조선이라 했다. 그리고 궁홀산 또는 금미달이라고도 하는 백악산 아사달로 도읍을 옮겨서 일천오백 년 동안 나라를 다스렸다.

그러다가 중국에서 주나라 무왕이 임금 되던 기묘년(기원전 1122)에 기자를 조선의 임금으로 삼는 바람에 단군왕검은 장당경으로 도읍을 옮겼다. 그리고 뒷날 아사달로 다시 돌아와 몸을 감추어 산신이 됐는데, 나이가 일천구백여덟 살이었다.

– 《삼국유사》 권 하나, 〈기이〉 하나, 고조선

• **단군(檀君)** 박달은 '밝은 땅'을 뜻하는 옛말인데 한자로 '단(檀)'이라 적었다. '檀'이 '박달나무 단' 자이기 때문이다. 그리고 '君'은 '임금 군' 자이니 단군(檀君)은 '박달 임금'이란 뜻이다. '박달'이 뒷날 '배달'로 바뀌어 우리 거레를 배달거레라 부른다.
• **요(堯)** 중국 고대 전설상의 임금이며, 성덕을 갖춘 훌륭한 임금으로 꼽힌다.
• **경인년** 요(堯)가 임금 자리에 오른 해가 무진년(기원전 2356)이므로 쉰 해가 되던 해는 정사년(기원전 2306)이다.
• **기자(箕子)** 고조선 시절에 있었던 기자조선의 첫 임금.

금빛 개구리 모양을 한 아기

옛날 옛적에 하느님이 다섯 미르가 끄는 수레를 타고 흘승골성으로 내려와 도읍을 세워 임금이 되었으니, 나라 이름을 북부여라 했다. 임금은 스스로 이름을 해모수라 하며 아들을 낳아 이름을 부루라 짓고 해를 성(姓)으로 삼았다.

북부여의 임금이 된 해부루가 거느리던 재상 아란불이 꿈을 꾸었는데, 하느님이 내려와서 일렀다.

"앞으로 내 아들과 손자가 여기에다 나라를 세우고자 한다. 너희는 여기에서 비켜라. 동쪽 바닷가로 나아가면 가섭원이라는 땅이 있다.

- **미르** 용(龍)의 우리말.
- **흘승골성** 흘승골에 있는 성. 흘승골은 지금의 만주 혼강(渾江) 언저리 환인(桓仁) 지방으로 본다.

그 땅이 기름져서 임금이 도읍을 세우기에 알맞을 것이다."

아란불이 꿈꾼 이야기를 임금에게 아뢰고, 그곳으로 도읍을 옮겨서 나라 이름을 동부여라 했다.

부루임금은 늙도록 아들이 없었다. 하루는 부루임금이 뫼와 내를 찾아다니며 아들을 주십사 기도를 드렸다. 그러다 말을 타고 큰 물고기가 산다는 곤연이라는 못가에 이르렀는데, 말이 커다란 돌을 보고는 마주하여 눈물을 흘렸다. 임금이 하도 이상해서 사람들을 시켜 살펴보라고 했다. 사람들이 그 돌을 들어 뒤집어 보니 거기에 갓난아이가 금빛 개구리 모양을 하고 있었다. 임금이 기뻐하며 말했다.

"이는 틀림없이 하늘이 내게 아들을 내려 주신 것이다."

부루임금은 아기를 거두어 와서 기르며 이름을 금와(금빛 개구리)라 불렀다. 그는 잘 자라서 마침내 태자가 되었다. 부루임금이 죽자 금와가 물려받아 임금 자리에 올랐다. 그 뒤로 태자 대소에게 임금 자리를 물려주었는데, 임오년(22)에 이르러 고구려 임금 무휼이 쳐들어와 대소임금을 죽여서 나라가 무너졌다.

－《삼국유사》권 하나, 〈기이〉
　하나, 북부여·동부여

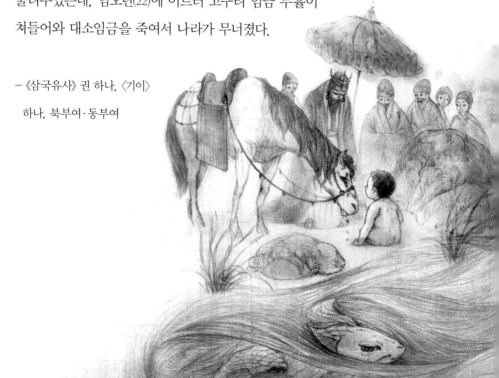

바다 미르 임금의 딸이 낳은 알

일찍이 임금 해부루가 북부여 땅에서 쫓겨나 동부여로 도읍을 옮겼다. 거기서 해부루가 세상을 떠나자 아들 금와가 임금 자리를 이어받았다. 한번은 금와임금이 태백산 남녘 우발수라는 물가에서 한 여인을 만났다. 임금이 여인에게 도대체 누구냐고 물었더니 여인이 대답했다.

"저는 사실 하백의 딸입니다. 이름은 유화(버들꽃)이고요. 여러 아우들과 더불어 놀러 나왔다가 우연히 한 남자를 만났습니다. 그는 스스로를 하느님의 아들 해모수라고 하면서 저를 웅신산(곰서낭뫼) 아래 압록이라는 물가 집으로 데리고 갔습니다. 거기서 서로 사랑을 나눈 뒤로 해모수는 떠났고, 다시는 돌아오지 않았습니다. 우리 어버이께서는

● **하백**(河伯) 물의 임금, 곧 용왕.

22

올바로 혼인을 하지도 않은 채 남자를 따라갔다면서 저를 크게 꾸짖으셨습니다. 그러고는 마침내 이곳으로 보내서 가두어 두셨습니다."

금와임금이 이상하게 여기며 여인을 방 안에 가두어 두었더니 햇빛이 여인을 비추었다. 여인이 몸을 옮겨 피하니까 햇빛이 또 따라와서 비추었다. 이로 말미암아 여인의 배가 불러 오더니 알을 하나 낳았는데, 그 크기가 닷 되나 됐다.

임금이 알을 개와 돼지에게 주었는데 모두 먹지를 않았다. 알을 다시 길에다 버렸더니 소와 말이 밟지 않고 피해서 다녔다. 알을 들판에다 버렸더니 새와 짐승이 따뜻하게 덮어 주었다. 임금이 알을 깨어 버리려고 했지만 깨어지지도 않았다. 임금은 어쩔 수 없이 알을 어미에게 돌려주고 말았다.

어미가 알을 받아 포대기 같은 것으로 싸서 따뜻한 곳에 두었더니 한 아이가 껍질을 깨고 나왔다. 뼈대와 겉모습이 꽃답고 기이한 아이였다. 아이는 겨우 일곱 살 나이에 세상을 보고 깨달았으며, 자라나는 것이 아주 남달랐다. 아이는 스스로 활과 화살도 만들어 쏘았는데, 백 발을 쏘면 백 발을 맞혔다. 나라 풍속에 활 잘 쏘는 이를 주몽이라 했기 때문에 아예 아이 이름을 주몽이라 불렀다.

금와임금에게는 아들 일곱이 있었는데, 늘 주몽과 더불어 놀았으나 힘과 슬기에서 주몽을 따를 수가 없었다. 어느 날 맏아들 대소가 임금에게 말했다.

"주몽은 사람이 낳은 아이가 아닙니다. 미리 손을 쓰지 않으면 뒷날 좋지 않은 일이 일어날까 두렵습니다."

그러나 임금은 대소의 말을 들어주지 않고, 주몽에게 말 먹이는 일을 시켰다. 주몽은 말 가운데 가장 잘 달리는 놈을 알아보고 그놈에게는 먹이를 조금씩 주어 여위게 했다. 그리고 못 달리는 놈들에겐 좋은 먹이를 많이 주어 기름지게 만들었다. 그러자 임금이 자신은 살진 말을 타고 여윈 말은 주몽에게 주었다.

임금의 여러 아들과 신하 들은 어떻게든 주몽을 없애려고 늘 틈을 노리고 있었다. 주몽의 어머니가 이런 낌새를 알아차리고 아들에게 일러 주었다.

"나라 사람들이 너를 죽이려고 한다. 너의 슬기와 재주로 어디에선들 못 살겠느냐? 서둘러 달아나는 것이 좋겠다."

이에 주몽은 벗으로 지내던 오이와 다른 두 사람의 뜻을 모아 함께 달아나다가 엄수라는 물가에 닿았다. 주몽이 물에게 아뢰었다.

"나는 사실 하늘 임금의 아들이며 바다 임금의 손자입니다. 오늘 사정이 있어 도망쳐 달아나고 있는데, 쫓는 자들이 가까이 따라왔습니다. 어찌하면 좋겠습니까?"

그러자 말이 끝나기가 무섭게 물고기와 자라 들이 몰려와서 다리를 만들어 주었다. 주몽과 벗들이 물을 건너자마자 다리는 곧장 사라져 쫓아오던 기마대는 물을 건널 수가 없었다.

주몽은 마침내 졸본 고을에 이르러 거기를 도읍으로 정했다. 그러나 궁궐다운 집을 지을 겨를이 없어 비류수 윗녘에 오두막을 지어 살았다. 주몽은 나라 이름을 고구려라 하고 고를 새로운 성씨로 삼았다. 이때는 중국 한나라 효원제 건소 2년인 갑신년(기원전 37)이었는데, 주몽의 나이는 열두 살이었다. 주몽이 자리에 오르니 사람들이 모두 임금이라 불렀다.

－《삼국유사》 권 하나, 〈기이〉 하나, 고구려

● **기마대(騎馬隊)** 말을 타고 싸우는 군인의 무리.

우물가에서 얻은 알과 미르 겨드랑이에서 난 아기

임자년(기원전 69) 삼월 초하루에 서라벌의 여섯 마을 어른들이 저마다 아우와 아들을 데리고 알천 언덕 위에 모여서 의논했다.

"우리에겐 위에서 다스려 주는 임금이 없어 백성이 저마다 멋대로 살아갑니다. 훌륭한 분을 찾아서 임금으로 모시고 도읍을 정해 나라를 세우는 것이 어떻겠습니까?"

그러고는 이들이 높은 곳에 올라가 남녘을 바라보니 양산(버들뫼) 아래 나정이라는 우물가에 번갯불같이 이상한 기운이 땅으로 드리워져 있었다. 거기에 흰말 한 마리가 무릎을 꿇고 있는 모습도 보였다. 사람들이 찾아가서 살펴보았더니 붉은빛이 나는 알이 하나 있었다. 흰말은 사람을 보자 울음을 길게 울고는 하늘로 올라갔다.

알을 깨뜨리니 남자 아기가 나왔는데, 생김새와 모습이 놀라울 만큼 깨끗하고 아름다웠다. 동천(새 샘)에서 아기를 씻기니 몸에서 환한 빛이 퍼져 나왔다. 그리고 새와 짐승 들이 모여들어 춤을 추고, 하늘과 땅이 흔들리며 해와 달은 더욱 맑고 밝게 빛났다.

사람들은 그를 혁거세임금이라 하고, 임금 자리 이름은 거슬한, 또는 거서간이라 했다. 그러고는 앞다퉈 축하하며 말했다.

"이제 하늘에서 임금님이 내려오셨으니 마땅히 훌륭한 여성 임금을 찾아 짝을 지워야 합니다."

그런데 바로 그날 사량 마을 알영이라는 우물가에 계룡(닭의 모습을 한 미르)이 나타나서 왼쪽 겨드랑이로 여자 아기를 낳았다. 아기의 모습과 얼굴은 비단처럼 맑았는데, 다만 입술이 닭의 부리를 닮았다. 얼마 뒤에 월성 북녘 시내에서 몸을 씻겼더니 그 부리가 튕겨 나갔다. 그래서 그 내의 이름을 발천(튕겨진 내)이라 했다.

사람들은 임금의 궁실을 남산 서녘 자락에 짓고 두 거룩한 아기를 잘 길렀다. 남자 아기는 생김새가 박과 같은 알에서 태어났기에 박을 성으로, 여자 아기는 태어난 우물 이름인 알영을 이름으로 삼았다.

두 거룩한 아이가 열세 살에 이른 갑자년(기원전 57)에 남자 아기를 임금으로 세우니 여자 아기는 따라서 왕후가 되었다. 나라 이름은 서라벌 또는 서벌, 달리는 사라 또는 사로라 했다. 처음에 왕후가 계정(닭 우물)에서 태어났으므로 더러는 계림국(닭 수풀 나라)이라고도 했는데, 이는 닭의 모습을 한 미르가 상서로움을 나타냈기 때문이었다.

－《삼국유사》 권 하나, 〈기이〉 하나, 신라시조 혁거세왕

지렁이와
처녀가 낳은 아기

옛날 한 부자가 광주 북녘 마을에 살았는데, 이 부자에게는 딸이 하나 있었다. 딸은 예쁘고 몸가짐이 반듯했다.

하루는 딸이 아버지에게 이런 말을 했다.

"밤마다 붉은옷을 입은 남자가 제 방으로 들어와서 저와 사랑을 나누고는 돌아갑니다."

아버지는 이렇게 일러 주었다.

"바늘에 긴 실을 꿰어서 그 남자의 옷에다 꽂아 두어라."

딸은 아버지가 시키는 대로 했다. 아침이 되어 실을 따라갔더니 실은 북녘 담장 밑으로 들어가 있었다. 땅을 파 보니 바늘이 커다란 지렁이의 허리에 매여 있었다. 그러고 나서 부자의 딸은 아기를 가져 아들을 낳았다.

아들이 열다섯 살이 되자 스스로 이름을 견훤이라 했다. 임자년
(892)에 이르러 사람들이 그를 임금이라 부르니 완산군을 도읍으로 삼
아 나라를 세웠다.

– 《삼국유사》 권 둘, 〈기이〉 둘, 후백제 견훤

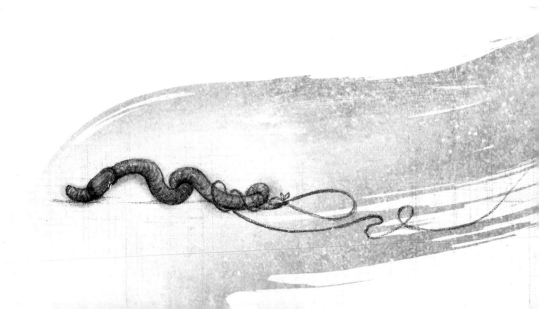

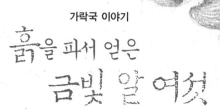

흙을 파서 얻은 금빛 알 여섯

임인년(42) 삼월 계욕일에 마을 북녘, 거북의 머리같이 생긴 구지봉에서 아주 이상한 소리가 들렸다. 소리를 들은 사람들이 서로서로 불러 모아서 이삼백 사람이 거기로 몰려왔다. 사람의 목소리 같은 것이 들리기는 하는데 그 모습은 보이지 않았다. 사람의 소리가 이렇게 물었다.

"여기에 사람이 있느냐 없느냐?"

구간(아홉 고을 어른)들이 대답했다.

"우리가 여기 있습니다."

소리가 또 말했다.

"내가 있는 곳이 어디냐?"

또 구간들이 대답했다.

"구지(거북 머리)입니다."

또 소리가 말했다.

"하느님이 내게 이곳에 새로운 나라를 세우고 임금이 되어 다스리라고 명하셔서 일부러 이렇게 내려왔다. 너희들은 마땅히 구지봉 꼭대기에서 흙을 파며 노래를 불러야 하리라. '거북아, 거북아, 머리를 내밀어라. 내밀지 않으면 구워서 먹으리라.' 이렇게 노래하며 뛰고 춤추면 큰임금을 맞이하여 기쁨과 즐거움이 넘칠 것이다."

구간들이 그 말처럼 다 함께 흙을 파면서 기뻐하며 노래하고 춤추었다. 한참 동안 그렇게 하다가 하늘을 우러러보니 붉은 새끼줄이 하

● **계욕일**(禊浴日) 액운을 없애려고 굿을 올리기 위해 냇물에서 몸을 씻는 날.

늘부터 땅까지 드리워져 있었다. 새끼줄 아래를 살펴보니 붉은 보자기에 싸인 금합이 보였다. 금합의 뚜껑을 열어 보니 해처럼 둥근 황금빛 알 여섯 개가 들어 있었다.

모여 있던 사람들이 모두 놀랍고도 기뻐서 다 같이 절을 백 차례 올렸다. 그러고는 마을로 돌아오려고 알이 든 금합을 다시 보자기로 쌌다. 싼 보자기를 안고 우두머리 아도의 집으로 와서 탁자 위에 모셔 놓은 뒤 무리는 모두 흩어져 돌아갔다.

하룻밤이 지나고 이튿날 동틀 무렵에 다시 모든 사람이 함께 모여 금합을 열어 보았다. 그랬더니 여섯 알이 여섯 아기로 탈바꿈해 있었다. 아기들의 얼굴이 매우 아름다웠으므로 탁자 위에 앉히고, 무리가 모두 축하의 절을 올리고 마음을 다해 공경하며 모셨다.

여섯 아기는 나날이 무럭무럭 자라나 열흘 남짓이 지나자 키가 아홉 자나 되어 중국 은나라의 천을과 같았다. 얼굴은 한나라 고조처럼 미르와 같았고, 눈썹은 당나라 고처럼 여덟 빛깔이었다. 눈에 동자가 둘씩 있는 것은 우나라 순과 같았다.

- **하룻밤이 지나고** 원문 '過浹辰(과협신)'에서 '浹辰(협신)'을 '가득한 하루'로 본다. '열이틀'로 보기도 하지만, 그러면 알에서 아기들이 태어나는 사건의 신성함이 떨어진다.
- **금합(金盒)** 금으로 된, 뚜껑이 있는 그릇.
- **자** 길이의 단위로, 한 자는 약 30.3센티미터다.
- **천을(天乙)** 중국에서 하(夏)나라를 멸망시키고 은(殷)나라를 세운 탕(湯)임금.
- **고조(高祖)** 중국 한(漢)나라의 첫 황제.
- **고(高)** 중국 삼황오제시대 오제 가운데 가장 훌륭한 임금으로 손꼽히는 요(堯)임금.
- **순(舜)** 중국 삼황오제시대 오제 가운데 가장 훌륭한 임금으로 손꼽히는 순임금.

이들은 그달 보름에 임금 자리에 올랐다. 맨 처음 나타난 아이는 이름을 수로 또는 수릉이라 하고, 그가 세운 나라 이름을 대가락 또는 가야나라라 했다. 이 나라가 곧 여섯 가야 가운데 하나이다. 나머지 다섯 사람도 저마다 돌아가서 다섯 가야의 임금이 되었다.

－《삼국유사》 권 둘, 〈기이〉 둘, 가락국기

우리 겨레의 맨 처음을 기록하다

《삼국유사》는 일연스님이 지은 백여 권의 책 중 맨 마지막 작품입니다. 《삼국유사》가
책으로 세상에 처음 알려진 때는 정확히 알 수 없지만, 우리 겨레 역사의 맨 처음
나라인 고조선을 기록한 중요한 역사책이지요. 《삼국유사》는 말 그대로 《삼국사기》가
빠뜨린 일을 챙겨 적은 책입니다. '빠뜨린 일'이란 크게 두 가지이지요. 〈기이〉 편에서
다룬 '신기하고 이상한 일로 이루어진 역사'와 〈불교사〉에서 다룬 '부처의 가르침으로
이루어진 역사'입니다. 이 이야기들은 우리 겨레가 얼마나 뿌리 깊고 뛰어난 문화를
이루며 살았는지를 훌륭히 드러냅니다.

《삼국유사》의 뼈대와 속살

《삼국유사》는 서로 다른 속살을 담은 〈왕력〉, 〈기이〉, 〈불교사〉 세 묶음으로 이루어졌습
니다. 이 세 묶음에서도 〈왕력〉 편은 아주 동떨어지고, 〈기이〉 편과 〈불교사〉는 속살이
다르지만 서로 떼어 놓을 수 없지요. 〈기이〉 편은 〈불교사〉의 디딤돌인데, 일연스님은
그 속내를 〈기이〉 편 들머리에 드러내 놓았습니다. 삼국의 첫 할아버지들이 모두 신비하
고 이상하게 태어나 나라를 세웠으나 괴이하다 할 수 없듯이, 뒤따르는 〈불교사〉도 괴이
하다 할 수 없는 참된 삶의 역사라는 주장을 내놓은 것이지요. 그럼 일연스님과 그의 제
자 무극에게서 《삼국유사》의 뼈대가 어떻게 짜여 있는지 들어볼까요?

《삼국유사》는 크게 세 부분으로 나뉘지. 그 첫째는 〈왕력〉 편, 임금을 차례에 따라 적은 부분이야. 어느 나라 임금이냐고? 물론 우리 고려의 뿌리이자 바탕인 신라, 고구려, 백제, 가락, 후고구려, 후백제, 이렇게 여섯 나라지. 이 여섯 나라 임금들의 이름과 성, 아버지와 어머니, 아내와 아들딸, 언제 임금 자리에 올라 얼마나 다스렸으며 크게 이룬 일이 무엇인지까지, 자료에서 알아낸 사실은 거의 다 담아 뒀어.

둘째 부분은 신기하고 이상한 사실을 적은 묶음인 〈기이〉 편이지요. 상·하 두 권으로 나뉘는데, 상권은 신라 시조 혁거세임금에서부터 삼한을 통일한 태종 춘추공과 그의 꿈에 나타난 장춘랑과 파랑까지를 담았습니다. 그리고 앞쪽에 고조선을 비롯해 열일곱 꼭지를 덧붙였지요. 하권은 삼한 통일을 마무리한 문무왕 법민에서 신라 마지막 임금 김부대왕까지를 담았습니다. 그리고 뒤쪽에 남부여, 전백제, 북부여를 비롯해 네 꼭지를 덧붙였지요.

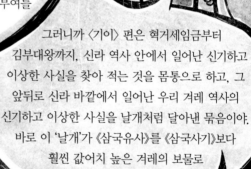

그러니까 〈기이〉 편은 혁거세임금부터 김부대왕까지, 신라 역사 안에서 일어난 신기하고 이상한 사실을 찾아 적는 것을 몸통으로 하고, 그 앞뒤로 신라 바깥에서 일어난 우리 겨레 역사의 신기하고 이상한 사실을 날개처럼 달아낸 묶음이야. 바로 이 '날개'가 《삼국유사》를 《삼국사기》보다 훨씬 값어치 높은 겨레의 보물로 만들어 주는 거지.

그런데 이 〈불교사〉의 일흔여덟 꼭지 중 예순아홉 꼭지가 신라 이야깁니다. 그러니 '불교사' 중에서도 '신라 불교사'라고 해야 옳겠지요.

셋째 부분은 내가 처음부터 과녁으로 삼았던 〈불교사〉 부분이지. 〈흥법〉, 〈탑상〉, 〈의해〉, 〈신주〉, 〈감통〉, 〈피은〉, 〈효선〉 편까지, 불교가 들어와 부처님의 가르침이 스님부터 여느 백성의 삶으로 뿌리 내리고 퍼져 나간 사실을 적은 것이야.

둘 … 임금 된 이야기

궤를 열고 알을 깨어

남해임금 때에 가락국의 바다 가운데 배 한 척이 와서 닿아 있었다. 그 나라 수로임금은 신하들이며 백성들과 더불어 시끄럽게 북을 두드리며 배를 맞이해 머무르게 하려고 했다. 그런데 배는 나는 듯이 달려서 서라벌 동녘에 있는 하서지 마을의 아진 나루에 닿았다.

나룻가에는 아진 의선이라 불리는 늙은 할미가 있었다. 이 할미는 혁거세임금에게 바닷고기를 잡아 바치는 사람의 어머니였다. 할미가 배를 바라보며 말했다.

"이 바다 가운데는 본디 돌도 바위도 없는데 무슨 까닭으로 까치가 떼를 지어 우는 것일까?"

배를 당겨서 살펴보니 까치들이 배 위에 모여 있고, 배 가운데에는

궤 하나가 있었다. 궤의 길이는 스무 자쯤, 너비는 열석 자쯤 되었다. 배를 끌어다 놓고 궤를 수풀 아래에 두었으나 좋은 일인지 궂은일인지 알 수가 없었다. 그래서 하늘에 맹세를 하고 한참 지나서 궤를 열어 보니 어여쁜 사내아이가 있었다. 더불어 온갖 보물이며 남종과 여종 들이 배 안에 가득했다. 이들을 대접한 지 이레째 되던 날 사내아이가 비로소 말을 했다.

"나는 본디 용성국 사람입니다. 우리나라에는 일찍이 스물여덟 미르 임금이 있었습니다. 모두 사람의 몸에서 태어났고, 대여섯 살 때부터 임금 자리를 이어받았습니다. 이들은 모든 백성의 사람됨이 올바를 수 있도록 가르쳤습니다. 그리고 성골에 여덟 품위가 있지만 아랑곳없이 모두 임금 자리에 오를 수 있었습니다.

우리 아버지 함달파임금은 적녀국 임금의 딸을 왕비로 맞았으나 오래도록 아들이 없었습니다. 빌고 기도하며 아들을 구했더니 일곱 해 뒤에 커다란 알 하나를 낳았습니다. 그런데 임금께서는 여러 신하를 모아 놓고 '사람이 알을 낳는 일은 예나 이제나 없으니 상서롭지 않은 일이 분명하

● 성골(姓骨) 신라의 골품 제도와 비슷하게 어버이 품계에 따라 높낮이를 정하는 것.

다.' 하시며 궤를 만들어 나를 거기 담고 온갖 보물과 남종, 여종 들과 더불어 배에 실었습니다. 그러고는 바다에 띄우면서 '마음대로 가다가 인연이 있는 땅에 닿아서 나라를 세우고 집을 이루어라.' 하며 빌어 주었습니다. 그때 문득 붉은 미르가 나타나 배를 지키면서 여기까지 데리고 왔습니다."

말을 마치자 그 아이는 지팡이를 끌며 남종 둘을 거느리고 토함산 마루에 올라 돌무덤을 만들었다. 거기서 이레 동안 머무르며 성안에 살 만한 곳이 있는지 찾아보니, 초승달처럼 생긴 한 봉우리가 오래 살 만해 보였다.

아이가 산을 내려와서 거기를 찾아가니 호공이란 사람이 이미 집을 짓고 살고 있었다. 아이는 어쩔 수 없이 호공을 속일 꾀를 내고는 집 곁에다 몰래 숫돌과 숯을 묻었다. 그러고는 이튿날 아침에 그 집 대문 앞에서 꾸짖는 소리로 떠들었다.

"여기는 우리 선조가 살던 집이 틀림없소."

호공이 이 소리를 듣고 대문 앞에 나와서 그게 아니라고 하자 다툼이 벌어졌다. 서로 우기며 물러서지 않자 관청에까지 가서 아뢰게 되었다. 관청에서 아이에게 물었다.

"무슨 증거로 이 집을 너희 집이라 하느냐?"

아이가 말했다.

"저희 집안은 본디 대장장이입니다. 저희가 잠시 이웃 시골에 나가 있는 동안 다른 사람이 빼앗아 살고 있었습니다. 땅을 파고 살펴보아 주시기 바랍니다."

그 말대로 했더니 과연 숫돌과 숯이 나왔고, 탈해는 그 집을 차지했다. 남해임금이 탈해를 보고는 참으로 슬기로운 사람이라 여겨 맏딸 공주를 시집보냈으니, 그가 곧 아니부인이다.

하루는 탈해가 동악에 올랐다가 돌아오는 길에 하인 백의에게 마실 물을 찾아 떠 오라고 일렀다. 백의가 물을 길어 오다가 하도 목이 말라 길에서 먼저 맛을 보았는데, 뿔로 만든 물 잔이 입에 붙어 떨어지지 않았다. 이를 보고 탈해가 꾸짖으니 백의가 맹세하며 말했다.

"다음에는 멀든지 가깝든지 절대로 먼저 맛보지 않겠습니다."

그제야 물 잔이 백의의 입술에서 떨어졌다. 이로부터 백의는 탈해를 두려워하며 고분고분 따르고 감히 속이지 못했다. 지금도 동악 중턱에 요내정(먼 데 우물)이라 불리는 우물이 있는데, 바로 그 우물이다.

노례임금이 세상을 떠나자 정사년(57) 유월에 탈해가 임금 자리에 올랐다. 옛날 우리 집이라 하여 남의 집을 빼앗았기 때문에 성을 '예석(昔)'으로 했다. 어떤 이들은 까치로 말미암아 궤를 풀었기 때문에 까치 작(鵲)에서 새 조(鳥)를 버리고 석(昔)으로 했다고도 한다. 궤를 풀고〔解〕 알을 벗어〔脫〕 태어났으므로 이름을 탈해라 했다.

– 《삼국유사》 권 하나, 〈기이〉 하나, 제4탈해왕

댓잎 귀고리를 한 군사

신라 열넷째 임금인 유리임금 때에 이서나라 사람들이 서라벌에 쳐들어왔다. 유리임금이 큰 군사를 이끌고 나가 막았으나 오래 막아 내기 어려웠다. 그런데 그때 갑자기 이상한 군사들이 난데없이 달려와서 도왔는데, 모두 귀에 댓잎 귀고리를 하고 있었다.

두 군사가 힘을 모아 적군을 깨뜨려 무찌르고 돌아왔는데, 댓잎 귀고리를 한 군사들은 온데간데없이 자취를 감췄다. 그런데 사람들이 열셋째 임금인 미추임금의 무덤 앞에 댓잎이 수북이 쌓여 있는 것을 보았다. 앞서 간 임금의 넋이 가만히 군사를 보내 도왔음을 안 사람들은 그 무덤을 죽현릉(대가 나온 무덤)이라 불렀다.

● **이서나라** 지금의 경상북도 청도를 중심으로 있었던 삼한 시절의 작은 나라.

    그리고 뒷날 신라 서른일곱째 임금, 혜공임금 때의 일이다. 기미년
(779) 사월, 갑자기 회오리바람이 김유신 장군의 무덤에서 일었다. 회
오리 한가운데는 장군 모습을 갖춘 한 사람이 날랜 말을 타고 있었
고, 갑옷을 입고 병장기를 잡은 군사 마흔 남짓이 따라 나왔다. 그들

● **서른일곱째** 혜공임금은 신라 서른여섯째 임금이므로 '서른일곱째'는 잘못된 표현이지만, 원문에 나온 그대
  로를 적었다.
● **병장기**(兵仗器) 병사들이 쓰던 온갖 무기.

은 죽현릉으로 들어갔다. 얼마 지나자 무덤 안에서 떨리고 흔들리는 소리가 나더니 여럿이 함께 우는 소리도 들렸다. 가끔은 따지고 하소연하는 이야기도 들렸다.

"저는 살아 있을 적에 임금님을 도와 어려움에 빠진 나라를 건지고 흩어진 나라를 하나로 모았습니다. 죽은 뒤에도 넋으로나마 나라를 돌보며 지키고 재난을 막아 아픔에서 구하고자 하는 마음이 조금도 달라지지 않았습니다. 그런데 지난 경술년(770)에 저의 자손이 아무런 죄도 없이 죽임을 당했습니다. 이는 임금과 신하 모두 제가 쌓은 공든 탑을 마음에 두지 않는다는 뜻입니다. 이에 저는 멀리 다른 곳으로 떠나 다시는 애태우고 힘쓰지 않으렵니다. 바라건대 임금께서 허락해 주십시오."

그러자 임금이 대답했다.

"그대와 내가 이 나라를 지켜 주지 않으면 저 불쌍한 백성을 어찌할 것인가? 그대는 지난날과 같이 다시 힘을 써 달라."

장군이 세 차례 거듭 청했으나 임금이 모두 들어주지 않자 회오리바람은 돌아갔다.

혜공임금이 이런 이야기를 듣고 놀라서 대신 김경신을 김유신 장군의 무덤으로 보내 용서를 청했다. 그리고 김유신 장군의 공덕을 기리

● **지난~당했습니다** 《삼국사기》에 "혜공임금 6년(770) 가을 8월에 대아찬 김융(金融)이 반란을 일으켰다가 죽임을 당했다."는 기록이 있다. 여기서 말하는 김융이 김유신의 자손이다.
● **마지기** 논밭 넓이의 단위. 한 마지기는 볍씨 한 말의 모 또는 씨앗을 심을 만한 넓이로, 논은 약 150~300평, 밭은 약 100평 정도이다.

는 기름진 밭 서른 마지기를 취선사에 내렸다. 취선사는 김유신 장군이 고구려를 무너뜨린 뒤에 그의 복을 빌기 위해 세운 절이기 때문에 땅을 주어 장군의 명복을 비는 데 쓰도록 한 것이다.

미추임금의 넋이 아니었으면 김유신 장군의 노여움을 풀지 못했을 것이니 나라를 지키는 임금의 몫이 크지 않다고 할 수가 없다. 이에 나라 사람들이 임금의 은덕을 생각해 삼산(세 뫼)에 올리는 대사(큰 제사)와 함께 여러 제사를 게을리하지 않고 지냈다. 그리고 그 차례를 오릉보다 위에 놓아 대묘(큰 무덤)라 했다.

– 《삼국유사》 권 하나, 〈기이〉 하나, 미추왕 죽엽군

• **삼산**(三山) 신라의 수도 서라벌을 지켜 주는 세 당산인 나림, 골화, 혈례. 나라에서 가장 큰 제사를 드렸다.
• **오릉**(五陵) 시조 박혁거세와 알영 왕비를 함께 모신 무덤을 만들고자 했는데, 큰 뱀이 못하게 막아서 두 시신을 다섯으로 나누어 만두 다섯 무덤. '뱀무덤(사릉)'이라 부르기도 한다.

세 가지 일을 꿰뚫어 본
슬기

신라 스물일곱째 임금 덕만의 시호는 선덕여자큰임금이니, 성은 김씨요, 아버지는 진평임금이다. 그가 임진년(632)에 임금 자리에 올라 열여섯 해 동안 나라를 다스리며 슬기로 내다본 세 가지 일이 있었다.

첫째는 당나라 태종이 빨강, 자주, 하양의 세 빛깔로 그린 모란꽃과 그 씨앗 석 되를 보내왔을 때의 일이다. 임금이 그림 속 꽃을 바라보고 말했다.

"이 꽃은 분명 향내가 없을 것이다."

씨앗을 뜰에 심었더니 과연 임금의 말과 같이 꽃이 피어 떨어질 때까지 향내가 나지 않았다.

● 시호(諡號) 제왕이나 재상 들이 죽은 뒤에, 그들의 공덕을 기리며 붙여 주는 이름.

둘째는 겨울철인데도 영묘사 옥문 못에 개구리들이 모여 사나흘 동안 시끄럽게 울어 댔을 때의 일이다. 나라 사람들이 이상하게 여겨 어찌 된 일이냐고 임금께 여쭈었다. 임금이 갑자기 각간 알천과 필탄 등을 불러 명령을 내렸다.

"날랜 군사 이천 명을 이끌고 곧장 서녘 벌판으로 가서 여근곡을 찾아라. 거기에 반드시 적군이 숨어 있을 테니 모두 잡아 죽여라."

두 각간이 명령을 받들어 저마다 군사 일천 명씩 거느리고 서녘 벌판에 가서 물었다. 그랬더니 부산(가멸뫼) 아래 과연 여근곡이 있었다. 또한 거기에 백제 군사 오백 명이 숨어 있어서 모두 무찔러 죽였다. 백제의 장군 우소는 남산 고개 바위에 숨었는데, 이를 에워싸 활로 쏘아 죽이고 그 뒤에 따라오는 일천삼백 명의 군대도 모두 쳐서 죽여 한 사람도 남기지 않았다.

셋째는 임금이 아무 탈 없이 건강하던 때의 일이다. 하루는 임금이 여러 신하에게 일렀다.

"내가 아무 해 아무 달 아무 날에 죽을 것이니, 나를 도리천 가운데에 묻으라."

여러 신하는 그곳이 어디 있는지 몰라서 임금께 여쭈었다. 그러자 임금이 대답했다.

"낭산의 남녘이다."

● **각간**(角干) 신라 때에 둔, 십칠 관등 가운데 첫째 등급.
● **여근곡**(女根谷) 《삼국사기》에는 '옥문곡'이라 했다. 두 이름 모두 '여성의 성기를 닮은 골짜기'라는 뜻이나.

그해 그달 그날에 이르자 과연 임금이 죽어서 낭산 남녘에 장사 지냈다.

그런 다음 열 해 남짓 지나서 문무큰임금이 사천왕사를 선덕임금의 무덤 아래에 세웠다. 불경에 '사천왕천 위에 도리천이 있다.' 했으니 비로소 사람들이 선덕임금의 거룩하고 신령스러움을 알게 되었다.

선덕임금이 살아 있을 적에 신하들이 여쭈었다.

"어떻게 꽃과 개구리 두 가지 일을 미리 아셨습니까?"

임금이 이렇게 대답했다.

"꽃을 그렸는데 나비가 없었기에 향내가 없다는 것을 알 수 있었다. 이는 당나라 임금이 내가 남편 없는 여인임을 놀리고자 한 짓이다. 또 눈을 부릅뜬 개구리는 병사의 모습과 같으며 옥문 못의 옥문과 여근곡의 여근은 모두 여인의 생식기를 뜻한다. 여자는 음이요 그 빛이 희고, 또 흰 것은 서쪽이므로 군사가 서쪽에 숨어 있음을 알 수 있었다. 게다가 남자의 생식기가 여자의 생식기에 들어가면 반드시 죽는 법이기에 적군을 잡기가 쉬울 줄도 알았다."

여러 신하가 모두 임금의 뛰어난 슬기에 놀라 우러러보았다.

－《삼국유사》 권 하나, 〈기이〉 하나, 선덕왕 지기삼사

• **사천왕사**(四天王寺) 경주 낭산(狼山)의 동남쪽 기슭에 있던 절.

꿈풀이를 제대로 했더니

처음에 이찬 김주원이 첫째 재상이 되었을 때 각간 김경신은 둘째 재상이었다. 경신이 어느 날 밤에 꿈을 꾸었는데, 복두를 벗고 흰 갓을 쓰고 열두 줄 가야금을 들고서 천관사 우물 안으로 들어가는 꿈이었다. 경신이 아침에 일어나 꿈풀이하는 사람을 불러 그 뜻을 풀어 달라고 하자 그가 말했다.

"복두를 벗은 것은 벼슬자리에서 물러날 조짐입니다. 가야금을 쥔 것은 큰칼을 쓸 조짐이고, 우물 안으로 들어가는 것은 감옥에 갇힐 조

---

* 이찬(伊飡) 신라 때에 둔, 십칠 관등 가운데 둘째 등급.
* 복두(幞頭) 지난날 과거에 급제한 사람이 홍패를 받을 때 쓰던 관(冠).
* 큰칼 죄인의 목에 씌우는 기구.

집입니다."

경신이 듣고 몹시 걱정스러워 문을 닫고 가만히 집 안에 머물러 있었다. 그때 아찬 여삼이 찾아와서 뵙기를 청했다. 경신이 아프다고 핑계를 대며 만나려 하지 않자, 여삼이 다시 청하면서 꼭 한번 뵙고 싶다고 했다. 경신이 할 수 없이 들어오게 했더니 여삼이 물었다.

"공께서 무엇을 두려워하고 계십니까?"

경신이 꿈 이야기와 점쟁이에게 꿈풀이 받은 이야기를 모두 해 주었다. 그러자 여삼이 일어서더니 절을 넙죽 올리고는 말했다.

"참으로 상서로운 꿈입니다. 공께서 만약 큰 자리에 오르시고도 저를 저버리지 않겠다 하시면 바로 꿈을 풀어 드리겠습니다."

이에 경신이 곁에 있는 사람을 모두 물려 내고 꿈을 풀어 달라고 청했다.

"복두를 벗는 것은 머리 위에 앉을 사람이 없다는 뜻입니다. 흰 갓을 쓰는 것은 면류관을 쓰실 조짐입니다. 열두 줄 가야금을 쥔 것은 열두 대에 이르는 자손까지 자리를 물려주실 조짐입니다. 천관사 우물 안으로 들어간 것은 대궐 안으로 들어갈 상서로운 조짐입니다."

이 말을 듣고 경신이 말했다.

"내 위로 주원이 있는데 어찌 내가 높은 자리에 앉겠는가?"

그러자 여삼이 말했다.

• **아찬**(阿湌) 신라 때에 둔, 십칠 관등 가운데 여섯째 등급.
• **여삼**(餘三) 여산(餘山)이라고도 한다.

"바라옵건대 가만히 북천의 서낭에게 제사를 드리면 이루어집니다."

경신은 여삼의 말을 따라 제사를 올렸다.

얼마 지나지 않아 선덕임금이 세상을 떠나자, 나라 사람들이 주원을 모셔다 임금으로 세우고자 했다. 주원의 집은 북천 너머에 있었는데, 그를 대궐로 맞이하려고 하자 갑자기 쏟아진 비로 북천의 물이 불어나 건널 수가 없었다.

이런 틈에 경신이 먼저 대궐로 들어가 임금 자리에 앉았다. 그러자 높은 재상의 무리들이 모두 와서 함께했다. 이렇게 새로 자리에 오른 임금께 절하며 경축하니 그가 곧 원성큰임금이다. 이름은 경신이요 성은 김이니, 대저 두터운 꿈의 감응을 받은 것이다.

주원은 멀리 명주로 물러나 살고 경신은 이미 임금 자리에 올랐는데, 여삼은 벌써 죽고 없었다. 임금은 여삼의 아들과 손자들을 불러다 벼슬을 내렸다.

– 《삼국유사》 권 둘, 〈기이〉 둘, 원성대왕

임금님 귀는 나귀 귀

경문임금이 주무시는 방에는 날마다 해가 지면 헤아릴 수 없이 많은 뱀이 모여들었다. 궁궐 사람들이 놀랍고 무서워서 쫓아내려고 하면 임금이 이렇게 말했다.

"나는 뱀이 없으면 편안히 자지 못하니 쫓지 마라."

임금이 잠을 자면 언제나 뱀들이 혀를 내밀어 가슴을 가득히 덮어 주었다.

경문임금은 임금 자리에 오르고 나서 갑자기 귀가 나귀처럼 길어졌다. 왕후나 궁인은 모두 그런 줄을 몰랐지만 오직 복두장이 한 사람은 알고 있었다. 그러나 한평생 그런 사실을 사람들에게 말하지 못했다.

● 복두장이 머리에 쓰던 관의 하나인 복두를 만드는 사람.

복두장이가 죽을 지경에 이르자 도림사 대숲 가운데 들어가 사람이 없는 곳의 대를 보고 큰 소리로 이렇게 노래를 불렀다.

　　"우리 임금님 귀는 나귀 귀와 같다!"

　　그런 뒤로 바람이 불면 곧장 대가 이런 소리를 냈다.

　　"우리 임금님 귀는 나귀 귀와 같다!"

　　임금이 대를 미워해서 모두 베어 버리고 산수유를 심었다. 그리고 나니까 바람이 불면 이런 소리를 냈다.

　　"우리 임금님 귀는 길다."

　　　　　　　　－《삼국유사》 권 둘, 〈기이〉 둘, 사십팔 경문대왕

임금 자리를
빼앗으러 왔다가

완하나라 함달임금의 아내가 갑자기 아기를 가졌는데, 달이 차자 알
을 낳았다. 그 알이 곧 사람이 되어서 이름을 탈해라 불렀다. 탈해는
바다를 건너서 가야나라로 왔는데, 키가 석 자에 머리 둘레가 한 자였
다. 그는 기쁨에 넘쳐 대궐로 찾아와서는 임금에게 말했다.

"내가 임금의 자리를 빼앗고 싶어서 이렇게 왔다."

이 말을 듣고 수로임금이 대답했다.

"하늘이 나에게 임금 자리에 앉으라고 명하시고, 앞으로 대가야나
라를 평안하게 하고 거기 딸린 백성을 잘살게 하라 하셨다. 어찌 감히
하늘의 명을 어기고 이 자리를 너에게 주겠는가? 또 어찌 감히 이 나
라와 이 백성을 네게 맡길 수가 있겠는가?"

그러자 탈해가 말했다.

"만약 그렇다면 네가 가진 재주를 나와 겨루어 보겠는가?"

임금이 말했다.

"그거야 좋지."

조금 있으니까 탈해가 매로 탈바꿈했다. 그러자 수로임금이 독수리가 됐다. 탈해가 다시 참새로 탈바꿈하니 수로임금은 조롱이가 됐다. 둘 다 눈 깜박할 사이에 이렇게 모습을 바꿨다.

탈해가 본디 모습으로 돌아오자 임금도 그렇게 돌아왔다. 이에 탈해가 가슴이 땅에 닿도록 엎드려 말했다.

"제가 재주를 다투며 매로 변했는데 독수리를 만났고, 참새로 변했는데 조롱이를 만났습니다. 그러고서도 죽음을 면한 것은 거룩한 이가 어질게도 죽이기를 싫어하셔서입니다. 제가 임금님과 자리를 다투기는 어렵겠습니다."

탈해는 서둘러 절을 올리고는 나갔다. 그러고는 가까운 들녘 밖에 있는 나루터에 닿아서 중국 배들이 드나드는 물길을 따라 떠나려고 했다.

수로임금이 생각해 보니 탈해가 거기 머물면서 또 무슨 나쁜 일을 꾸밀 것 같았다. 그래서 서둘러 배 오백 척과 군사들을 보내 쫓아가게 했다. 탈해가 바쁘게 신라 땅으로 들어가는 것을 보고 배 탄 군사가 모두 돌아왔다.

- 《삼국유사》 권 둘, 〈기이〉 둘, 가락국기

임금, 알에서 태어나다

《삼국유사》의 〈기이〉 편은 고조선부터 후삼국까지 우리 겨레가 세웠던 나라의
시조 신화와 건국 신화를 담고 있습니다. 우리 겨레는 '누리와 그 안에 있는 만물을
지어내고 다스리시는 분'이 하늘 위뿐 아니라 땅 밑과 물 밑에도 있다고 믿었습니다.
북부여·동부여·고구려 등 북녘 땅에서는 주로 하늘 위 하느님(천신)을 아버지로
모시고, 신라·백제·가야 등 남녘 땅에서는 땅 밑이나 물 밑 곰님(지신)을 어머니로 모셔
그 품 안에서 거룩하게 살았지요. 그래서 《삼국유사》에서 전하는 각 나라의 건국
시조 신화도 이런 믿음과 동떨어져 있지 않습니다.

하느님이 몸소 땅에 내려와 나라를 세우다, 북녘 건국 신화

우리 겨레 최초의 나라인 고조선은 하느님
의 손자인 단군왕검이 세운 나라입니다. 북부
여는 하느님인 해모수가 몸소 흘승골성에 내려와
세운 나라이고, 동부여는 해모수의 아들 해부루가 도읍을
가섭원으로 옮겨 북부여의 이름만 바꾼 나라입니다. 고구려는 하느님의 아들 해
모수와 바다 미르 임금의 딸 유화가 낳은 주몽이 동부여에서 도망쳐 졸본에다 세운 나
라입니다.

하느님이 몸소 땅에 내려와 나라를 세우고 스스로 아들을 낳아 나라를 넘겼다는 속살
은 세상 다른 곳에서는 찾을 수 없는 이야기입니다. 그만큼 북부여 사람들이 스스로 하
느님 자손임을 굳게 믿었던 셈이지요. 고구려의 주몽은 하느님의 아들과 바다 미르 임
금의 딸 사이에서 커다란 알로 태어났으니, 하늘 위 하느님을 아버지로 땅 밑 곰님을 어
머니로 갖추어 모신 셈입니다.

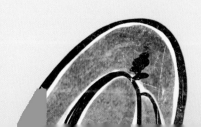

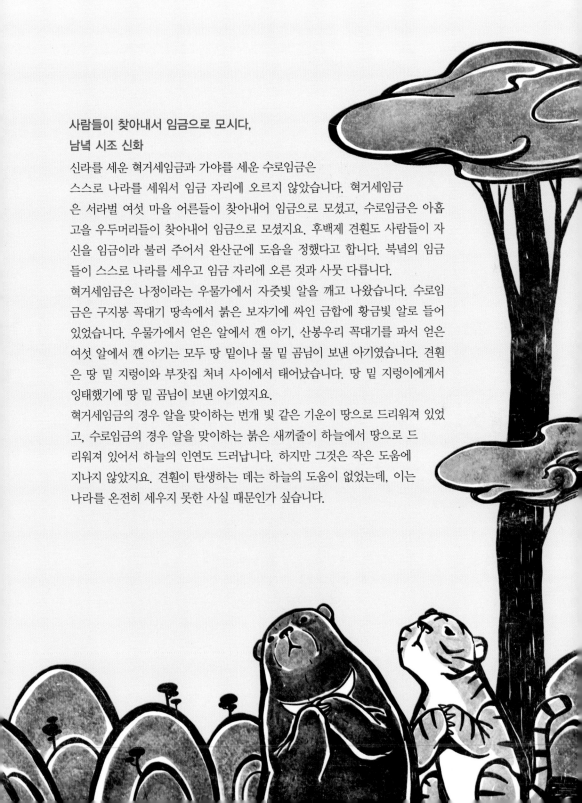

사람들이 찾아내서 임금으로 모시다,
남녘 시조 신화

신라를 세운 혁거세임금과 가야를 세운 수로임금은
스스로 나라를 세워서 임금 자리에 오르지 않았습니다. 혁거세임금
은 서라벌 여섯 마을 어른들이 찾아내어 임금으로 모셨고, 수로임금은 아홉
고을 우두머리들이 찾아내어 임금으로 모셨지요. 후백제 견훤도 사람들이 자
신을 임금이라 불러 주어서 완산군에 도읍을 정했다고 합니다. 북녘의 임금
들이 스스로 나라를 세우고 임금 자리에 오른 것과 사뭇 다릅니다.

혁거세임금은 나정이라는 우물가에서 자줏빛 알을 깨고 나왔습니다. 수로임
금은 구지봉 꼭대기 땅속에서 붉은 보자기에 싸인 금합에 황금빛 알로 들어
있었습니다. 우물가에서 얻은 알에서 깬 아기, 산봉우리 꼭대기를 파서 얻은
여섯 알에서 깬 아기는 모두 땅 밑이나 물 밑 곰님이 보낸 아기였습니다. 견훤
은 땅 밑 지렁이와 부잣집 처녀 사이에서 태어났습니다. 땅 밑 지렁이에게서
잉태했기에 땅 밑 곰님이 보낸 아기였지요.

혁거세임금의 경우 알을 맞이하는 번개 빛 같은 기운이 땅으로 드리워져 있었
고, 수로임금의 경우 알을 맞이하는 붉은 새끼줄이 하늘에서 땅으로 드
리워져 있어서 하늘의 인연도 드러납니다. 하지만 그것은 작은 도움에
지나지 않았지요. 견훤이 탄생하는 데는 하늘의 도움이 없었는데, 이는
나라를 온전히 세우지 못한 사실 때문인가 싶습니다.

천신과 지신을 모시고 거룩하게 살던 시절의 이야기

이처럼 북녘은 하늘의 아버지를 앞세우고 남녘은 땅이나 물의 어머니를 앞세우지만 전부 그런 것은 아닙니다. 북녘 동부여의 금와임금은 곤연이라는 못가의 큰 돌 밑에서 얻은 금빛 개구리 모습의 아이였습니다. '곤연이라는 못', '큰 돌 밑', '금빛 개구리'는 모두 땅 또는 물 밑의 곰님이 보낸 아이임을 드러냅니다.

남녘 신라의 김알지는 붉은 구름이 하늘에서 땅까지 드리워지고 구름 가운데 나뭇가지에 걸린 금빛 궤에서 나타났습니다. 흰닭이 나무 아래서 울고 있었는데 임금이 궤를 여니 어린 사내아이가 누워 있다가 곧장 일어났지요. 이처럼 하늘에서 드리워진 '붉은 구름', '나뭇가지', '흰닭'은 모두 하느님이 보낸 아이임을 드러냅니다. 이 이야기는 북녘 동부여의 금와임금 이야기와 짝을 이루어 이럴 즈음에 이미 북녘 하느님 믿음이 남녘 신라까지 퍼져 내려왔음을 알려 줍니다. 그러나 김알지는 탈해가 임금으로 올리고자 했으나 스스로 자리를 사양하고 오르지 않았지요. 아직 신라에는 하느님 믿음이 북녘만큼 굳어지지 않았음을 드러내는 셈이지요.

셋 …
임금과 임금 아내 이야기

연오랑과 세오녀

바위에 실려
일본으로 가서

신라 여덟째 임금인 아달라임금이 자리에 오르고 네 해가 되던 정유년 (157)의 일이다. 동해 바닷가에 연오와 세오가 가시버시로 살고 있었다.

하루는 연오가 바다에 나가서 미역을 따고 있었는데, 갑자기 큰 물고기 같은 바위 하나가 다가와 그를 싣고 일본으로 가 버렸다. 일본 사람들이 연오를 보고 여느 사람이 아니라면서 임금으로 삼았다.

바다에 나간 남편이 돌아오지 않자 집에 있던 세오가 걱정하며 찾아 나섰다. 그러다 바닷가에서 남편이 벗어 놓은 신이 바위 위에 얹혀

● **가시버시** '각시를 벗하여', '각시를 벗 삼아', '아내와 남편이 나란히 함께'라는 뜻이다. 옛날 우리 겨레는 아내와 남편이 내외법을 지켜서 집 안에서는 아내가 임자로 재물과 살림을 다스리고, 집 밖에서는 남편이 임자로 갖가지 삶의 일을 다스렸다. 집 밖으로 나들이를 하면 아내는 언제나 남편의 몇 걸음 뒤에 물러나 따라야 했다. 그러나 먼 곳에 잔치라도 있으면 아내와 남편이 고운 옷을 차려입고 벗처럼 나란히 함께 걸어갔는데, 이럴 적에 사람들은 부러워하고 축복하는 마음으로 '가시버시'라는 말을 썼다.

있는 것을 보았다. 반가워서 신이라도 집으려고 그 위에 올라갔더니 갑자기 바위가 또 그녀를 싣고 일본으로 가 버렸다. 일본 사람들이 세오를 보고 놀랍고 신기해, 연오임금에게 데리고 가서 아뢰었다. 이리하여 가시버시가 서로 다시 만났으며, 세오는 왕비가 됐다.

이때 신라에서는 느닷없이 해와 달이 빛을 잃고 캄캄해졌다. 일관이 임금께 아뢰었다.

"우리나라에 있던 해와 달의 정기가 지금 일본으로 가 버렸습니다. 그래서 이런 괴변이 일어났습니다."

임금이 사신을 일본에 보내 두 사람을 찾았다. 그러자 연오가 말했다.

"내가 이 나라에 온 것은 하늘이 시킨 일이라 이제 돌아갈 수가 없다. 그러나 우리 아내가 짠 고운 비단이 있으니 이것으로 신라가 하늘에 제사를 지내면 좋은 일이 있을 것이다."

사신이 비단을 받아서 돌아와 임금께

드리고 연오에게 들었던 말을 그대로 아뢰었다. 임금이 그 말대로 하늘에 제사를 드렸더니 해와 달이 전처럼 밝아졌다.

신라 사람들은 이 비단을 나라의 보물로 삼아 임금의 고방에 갈무리하고, 그 고방을 귀비고(귀한 왕비 곳간)라 불렀다. 또한 하늘에 제사드린 곳을 영일현(해를 맞이하는 고을) 또는 도기야(큰 기도 드리는 들)라 불렀다.

－《삼국유사》 권 하나, 〈기이〉 하나, 연오랑 세오녀

● **일관**(日官) 하늘을 살피는 벼슬아치.
● **고방**(庫房) 세간이나 여러 가지 물건을 넣어 두는 곳.
● **갈무리** 물건 따위를 잘 정리하거나 간수하는 일.

거문고 집을 쏘아라

신라 스물한째 임금인 비처임금이 자리에 오른 지 십 년인 무진년(488)
의 일이다. 임금이 천천정(하늘 샘 정자)에 납시었는데, 까마귀와 쥐가
함께 와서 울더니 쥐가 사람처럼 말을 했다.

"이 까마귀가 가는 곳을 쫓아가십시오."

임금이 사람을 시켜 말을 타고 까마귀를 쫓아가도록 했다. 명을 받
은 사람이 남녘으로 가서 피촌이란 마을에 이르렀는데, 그곳에서 돼
지 두 마리가 서로 싸우고 있었다. 이를 잠시 보던 사람이 문득 까마
귀 가는 곳을 놓쳐 버렸다.

그러고는 이 사람이 말을 타고 길을 따라 이리 왔다 저리 갔다 하

● **피촌**(避村) '양피사촌(壤避寺村)'을 줄여 피촌이라 했다. 곧 '양피사 절 마을'이다.

는데, 마침 한 늙은이가 못 가운데서 올라오더니 봉투를 바쳤다. 받아 보니 겉면에 글이 적혀 있었다.

뜯어보면 두 사람이 죽고, 안 뜯어보면 한 사람이 죽는다.

말을 타고 쫓아갔던 사람이 봉투를 그대로 가지고 정자로 와서 임금께 드렸다. 임금이 봉투에 적힌 글을 읽고는 말했다.
"두 사람이 죽는 것보다는 뜯어보지 말고 한 사람만 죽게 두는 것이 좋겠다."
옆에서 그 말을 듣고 있던 일관이 아뢰었다.
"두 사람은 여느 백성이고, 한 사람은 임금님입니다."
임금이 과연 그렇겠구나 싶어서 봉투를 뜯어보았더니 이렇게 쓰여 있었다.

거문고 집을 쏘아라.

임금이 서둘러 궁궐에 들어가서 거문고 집을 보고 활을 쏘았다. 거기에서 두 사람이 죽었는데, 내전에서 향을 피우며 도를 닦는 중과 몰래 간통하던 왕후였다.
이때부터 우리나라에서는 해마다 정월 첫째 돼지날, 첫째 쥐날, 첫

• **내전(內殿)** 왕후가 거처하는 궁전.

째 말날에는 온갖 일을 꺼리고 삼가며
움직이지 않는 풍속이 생겼다. 또한 정
월 보름을 까마귀의 제삿날로 삼아 찰밥
으로 제사를 지내게 됐는데, 지금도 그런
풍속이 이어지고 있다.

– 《삼국유사》 권 하나, 〈기이〉 하나, 사금갑

언니의 꿈을 산 문희

신라 스물아홉째 임금인 태종임금은 이름이 춘추요 성은 김씨이다. 뒷날 용수 각간, 곧 문흥큰임금이 된 분의 아들로, 어머니는 진평큰임금의 딸인 천명부인이다. 아내는 문명황후, 곧 문희인데 그는 유신공의 작은누이다.

일찍이 문희의 언니 보희가 꿈을 꾸었다. 꿈속에서 보희가 서악으로 올라가 오줌을 누었더니 오줌이 서라벌 성안을 가득히 채워 버렸다.

• **용수 각간**(龍樹角干) 태종임금의 아버지다. 이름이 용수(龍樹) 또는 용춘(龍春)이고, 아들이 임금 자리에 오르자 문흥큰임금(문흥대왕)으로 높여졌다.
• **유신공**(庾信公) 김유신을 점잖게 부른 말이다. 가야 마지막 임금인 구형임금의 손자이며, 태종임금을 도와 삼한 통일을 이룬 장군으로 쉰넷째 경명임금 때에 흥무큰임금(흥무대왕)으로 높여졌다.
• **서악**(西岳) 경주 서녘에 있는 신령한 뫼. '선도산'으로 널리 알려져 있다.

아침에 일어나서 아우인 문희에게 꿈 이야기를 했더니 문희가 가만히 듣고 말했다.

"언니, 내가 이 꿈을 살게."

그러자 보희가 말했다.

"네가 무엇으로 사겠다는 말이야?"

이에 문희가 대답했다.

"내 비단 치마를 줄게."

보희가 답했다.

"좋아."

문희가 옷깃을 벌리며 꿈을 받으려 하자 보희가 말했다.

"어젯밤에 꾼 꿈을 너에게 준다."

문희는 곧장 비단 치마를 언니에게 주면서 갚았다.

그런 일이 있고 열흘쯤 지난 다음이다. 정월 보름에 유신공이 자기 집 앞에서 춘추공과 더불어 공차기를 하고 있었다. 유신공이 일부러 춘추공의 속옷을 밟아 옷끈을 떼어 놓고는 말했다.

"저희 집으로 잠깐 들어가서 옷끈을 다셔야겠습니다."

춘추공이 유신공의 집에 따라 들어가니, 유신공이 큰누이인 보희에게 바느질을 받들라고 일렀다. 그러자 보희가 말했다.

"어찌 이런 조그만 일로 가볍게 귀공자를 가까이한단 말입니까?"

보희가 제 방으로 들어가 버리자, 유신공은 작은누이인 문희에게

● 춘추공(春秋公) 김춘추를 점잖게 부른 것이니 곧 뒷날의 태종무열임금이다.

똑같이 일렀다. 춘추공이 유신공의 뜻을 알아차리고 문희의 방으로 들어가 마침내 둘이 사랑을 나눴다. 이로부터는 춘추공이 유신공의 집에 자주 오갔다.

그 뒤로 문희가 아기를 가지자 유신공이 이를 알고는 큰 소리로 꾸짖었다.

"네가 어버이께 말씀을 드리지도 않고 아기를 가졌으니 어찌 된 노릇이냐?"

유신공은 온 나라에 소문을 퍼뜨리고 누이를 불태워 죽일 것이라고 떠들었다. 그리고 선덕임금이 남산에 놀러 가기를 기다렸다가 마당 가운데 땔나무를 쌓아 놓고 불을 질러 연기를 피워 올렸다.

임금이 이를 보고 저게 무슨 연기냐고 묻자, 곁에서 모시던 사람들이 아뢰었다.

"아마도 유신이 누이를 불태워 죽이려 하는 듯합니다."

유신공이 누이를 불태워 죽이는 까닭이 뭐냐고 임금이 또 물었다.

"그 누이가 아비 없는 아이를 가져서 그런다고 합니다."

"그게 누구의 짓이란 말이냐?"

이때 바로 앞에서 모시고 있던 춘추공의 얼굴빛이 크게 달라졌다. 임금이 이를 보고 말했다.

"바로 네 짓이구나. 빨리 가서 그를 살려라."

춘추공이 임금의 말씀을 받들고 말을 달려서 명을 전하고 유신공을 말렸다. 그런 다음 서둘러 혼례를 올렸다.

진덕임금이 죽자 춘추공이 갑인년(654)에 임금 자리에 올랐다. 여덟 해 동안 나라를 다스리고 쉰아홉 살이던 신유년(661)에 세상을 떠나니, 애공사 동녘에 장사를 지내고 비석을 세웠다.

임금은 유신공과 더불어 놀라운 꾀와 무서운 힘으로 삼한을 하나로 아울렀다. 나라와 백성에게 큰 공이 있어 사당에 쓰는 임금의 이름을 태종이라 했다.

태자 법민, 각간 인문, 각간 문왕, 각간 노단, 각간 지경, 각간 개원 등이 모두 문희에게서 태어났다. 어릴 적에 산 꿈의 영험이 이처럼 나타난 것이다.

– 《삼국유사》 권 하나, 〈기이〉 하나, 태종춘추공

● **삼한**(三韓) 삼국 시대 이전에, 우리나라 중남부에 있었던 세 나라. 마한, 진한, 변한을 이른다.
● **노단** '노차'로 읽기도 한다. '단(旦)'과 '차(旦)'의 한자가 비슷하기 때문이다.

세 가지 아름다운 일

경문큰임금의 이름은 응렴인데, 열여덟 살에 국선(으뜸 화랑)이 됐다.
응렴이 스무 살이 되자 헌안큰임금이 그를 불러 대전 안에서 잔치를
베풀고는 물었다.

"그대는 국선으로서 온갖 곳을 돌아다녔을 텐데, 어떤 기이한 일을
보았는가?"

그러자 응렴이 대답했다.

"저는 아름답게 살아가는 사람 셋을 보았습니다."

임금이 말했다.

"바라건대 그 이야기를 들어 보고자 한다."

응렴이 아뢰었다.

"윗사람이 되고서도 겸손하게 남의 아랫자리에 앉는 사람이 그 하
나입니다. 가멸고 돈이 많은데도 검소하고 허름한 옷을 입는 사람이

그 둘입니다. 본디 귀하고 힘이 있는데도 그런 위세를 부리지 않는 사람이 그 셋입니다."

임금이 이 말을 듣고 응렴이 훌륭한 사람임을 알았다. 임금은 갑자기 눈물을 흘리면서 말했다.

"내게 두 딸이 있는데, 바라건대 그대의 수발을 들게 하고 싶다."

응렴이 자리를 벗어나 고마운 절을 올리고 머리를 조아리며 물러났다. 그러고는 집으로 돌아와 어버이께 그런 사실을 말씀드렸다. 어버이는 몹시 기뻐하며 아들딸과 아우들을 모아 놓고 의논했다.

"임금의 맏공주는 매우 쌀쌀하고 못생겼으나, 둘째 공주는 몹시 아름다워 아내로 맞으면 큰 행운이다."

의논한 끝에 얻은 매듭이 이렇게 지어졌다.

화랑의 무리 가운데 가장 우두머리인 범교사라는 사람이 소문을 듣고 응렴의 집으로 찾아와서 물었다.

"임금님께서 공주를 아내로 삼으라 하신다는데 믿어도 됩니까?"

응렴이 그렇다고 하자 범교사는 두 공주 가운데 누구를 맞이하려 하느냐고 또 물었다.

"어버이께서 아우를 맞이하는 것이 마땅하다고 하신다네."

그러자 범교사가 말했다.

"화랑께서 만약 아우를 맞으시면 저는 화랑이 보는 앞에서 목숨을

• **가멸다** 재산이나 자원 따위가 넉넉하고 많다는 뜻이다.
• **범교사** 《삼국사기》에는 흥륜사의 스님이라 했다.

끊을 것입니다. 그러나 언니를 맞으신다면 반드시 세 가지 아름다운 일이 있을 것입니다. 깊이 헤아리시기 바랍니다."

이에 응렴이 범교사의 말을 따르겠다고 대답했다.

얼마 뒤에 임금이 좋은 날을 받아서 응렴에게 사람을 보내 말을 전했다.

"두 딸 가운데서 그대가 명하는 대로 따를 것이다."

대궐에서 나온 사람이 응렴의 뜻을 받들어 임금께 돌아가서 아뢰었다.

"맏공주님을 받들겠다고 했습니다."

석 달이 지나자 임금은 병환이 깊어져 여러 신하를 불러 놓고 말했다.

"내게 아들과 손자가 없으니 마지막 남은 일은 마땅히 맏딸의 지아비인 응렴이 이을 것이다."

이튿날 임금이 돌아가시자 응렴이 유언을 받들어 임금 자리에 올랐다. 그러자 범교사가 새 임금께 나아와 아뢰었다.

"제가 말씀드린 세 가지 아름다운 일이 이제 모두 드러났습니다. 맏이를 맞이한 까닭에 임금 자리에 오르셨음이 하나입니다. 또한 일찍이 마음에 두었던 아우 공주도 이제 쉽게 맞을 수 있음이 둘입니다. 그리고 언니를 맞이했기 때문에 헌안임금과 왕후께서 함께 매우 기뻐하셨음이 셋입니다."

임금이 그 말을 고맙게 여기면서 범교사의 벼슬을 대덕(큰스님)으로 높여 주고 금 백서른 냥을 상으로 내렸다.

－《삼국유사》 권 둘, 〈기이〉 둘, 사십팔 경문대왕

미르의 아들 구슬이

백제 서른째 임금인 무왕(범임금)의 이름은 장(구슬)이다. 서울 남녘 못가에 홀로 집을 짓고 살던 어머니가 못의 미르와 정을 통하고 장을 낳았다. 아이 적 이름은 서동(참마아이)이었는데, 늘 참마를 캐서 팔며 살았기 때문에 나라 사람들이 그렇게 불렀다.

　신라 진평임금의 셋째 공주가 아주 예쁘다는 소리를 들은 서동은 중처럼 머리를 깎고 서라벌로 갔다. 그러고는 마을과 거리의 많은 아이들에게 참마를 거저 나누어 줬다. 아이들이 자신을 따라다니자 서동은 노래를 만들어 여러 아이들에게 가르치고는 부르게 했다. 노래는 이랬다.

　선화 공주님은

남몰래 정을 통하고
서동방을
밤이면 안고 간다.

아이들의 노래는 서라벌에 가득히 퍼져서 궁궐까지 들어갔다. 여러 벼슬아치가 이를 알고 임금을 몹시 졸라서 공주를 먼 곳으로 귀양 보냈다. 왕후는 떠나는 공주에게 순금 한 말을 주었다.

머지않아 공주가 귀양살이할 땅에 닿으려 하는 참이었다. 서동이 길에서 나타나더니 공주에게 절을 넙죽 올리면서 이제부터 모시고 따르겠다고 했다. 공주는 비록 그가 어디서 온 누구인지 몰랐지만 어쩐지 믿음이 가고 기뻤다.

이렇게 해서 서동이 선화 공주를 모시고 따르다가 둘은 남몰래 사랑을 나눴다. 얼마 뒤에 그의 이름이 서동인 것을 안 공주는 아이들 노래의 영험을 믿게 됐다.

둘은 함께 백제로 갔는데, 앞으로 살아갈 길을 이야기하며 공주가 어머니에게서 받은 금을 내놓았다. 서동이 크게 웃으며 말했다.

"이게 무엇입니까?"

공주가 대답했다.

"황금이라는 것인데, 이만하면 백 년 동안 부자로 살 수 있습니다."

그러자 서동이 말했다.

"내가 어릴 적부터 참마를 캐던 곳에는 이런 것이 흙더미처럼 쌓여 있습니다."

공주가 듣고는 크게 놀라면서 말했다.

"황금은 하늘 아래 가장 귀한 보물입니다. 당신이 금 있는 곳을 지금도 알고 있다면 이 보물을 곧장 우리 어버이 계시는 궁궐로 보내 드리는 것이 어떻겠습니까?"

서동이 좋다고 해서 금을 모아 보았더니 언덕처럼 쌓였다. 두 사람은 지명법사가 계신 용화산 사자사를 찾아가서 금을 싣고 갈 길을 여쭈었다. 그러자 법사가 말했다.

"내가 귀신의 힘으로 보낼 수 있으니 금을 가지고 오기만 하시오."

이에 공주가 편지를 써서 금과 함께 법사 앞에 가져다 놓았다. 그러자 법사가 신통력을 부려 하룻밤 만에 금을 신라 궁궐에 실어다 놓았다.

진평임금은 신통한 일을 보고는 몹시 놀라면서 존경스러워 했다. 이 때부터 임금은 공주와 서동에게 자주 편지를 보내어 안부를 물었다. 그러면서 서동은 많은 백제 사람들의 마음을 얻어 마침내 임금 자리에까지 올랐다.

하루는 임금(서동)과 부인(선화)이 사자사를 찾아가다가 용화산 아래 커다란 못가에 이르렀다. 그때 못 가운데서 미륵 삼존이 올라오는지라 이들은 수레를 멈추고 인사를 드렸다. 부인이 임금에게 말했다.

"여기에다 커다란 절을 지어야겠습니다. 저의 굳은 소원입니다."

임금이 허락하고는 지명법사에게 찾아가서 못 메울 방법을 여쭈었다. 법사는 귀신의 힘으로 하룻밤 만에 뫼를 허물어 못을 메우고는 평지로 만들었다. 이에 진평임금이 온갖 기술자를 보내 미륵 삼존상과 대웅전, 탑, 골마루 집을 세 곳에 세우고 현판에 미륵사라고 쓰니, 지금도 그 절이 남아 있다.

– 《삼국유사》 권 둘, 〈기이〉 둘, 무왕

● **미륵 삼존(彌勒三尊)** 미륵 부처와 그를 양쪽 곁에서 모시는 법화림보살과 대묘상보살.

아유타나라에서 찾아온 황옥

무신년(48) 칠월 스무이렛날 구간들이 수로임금께 아침 인사를 드리는 자리에서 한 사람이 아뢰었다.

"큰임금님께서 하늘에서 내려오신 뒤로 여태 좋은 짝을 얻지 못했습니다. 바라옵건대 저희들에게 딸이 많으니 가장 좋은 아이를 골라 궁궐 안으로 들이고 짝을 이루십시오."

임금이 말했다.

"내가 여기 내려온 것은 하늘의 명에 따른 일입니다. 그러니 짝을 찾아 왕후를 삼는 일 또한 하늘의 명을 따라야 합니다. 여러분은 걱정하지 마십시오."

임금은 드디어 유천간에게 가벼운 배를 갖추고 잘 달리는 말을 데리고 망산도로 가서 기다리라고 명했다. 또 신귀간에게는 승점 고개로 가 있으라고 명했다.

바로 그때 갑자기 바다 서남녘 모퉁이에서 붉은 돛을 달고 붉은 깃발을 펄럭이는 배가 북쪽을 가리키며 다가왔다. 유천간 일행이 섬에서 햇불을 먼저 올리니 뱃사람들이 앞다투어 뭍에 내려 바쁘게 달려왔다.

신귀간이 고개에서 이를 바라보고 있다가 대궐로 달려가 임금께 아뢰었다. 임금이 듣고 몹시 기뻐하며 구간들을 보내 맞아들이도록 했다. 구간들은 값진 노와 아름다운 돛대를 갖춘 배를 타고 나가 그 배를 맞이해 모시고 궁궐로 들어오려고 했다. 그러자 배에 타고 있던 왕후가 말했다.

"그대들은 내가 평생에 처음 보는 사람들이다. 어찌 감히 가볍게 그대들을 따라가겠는가?"

유천간의 무리가 궁궐로 돌아와서 왕후의 말을 임금께 아뢰었다. 임금이 그 말을 옳다고 여겨 일을 맡은 벼슬아치를 거느리고 길을 치우게 했다. 그러고는 궁궐 서남녘 아래로 예순 걸음쯤 떨어진 산자락에 임시 궁궐을 세우고 거기서 기다렸다.

왕후는 뫼 바깥에 있는 별포 나루 머리에 배를 매고는 뭍으로 올라왔다. 그러고는 높은 언덕에 올라 쉬면서 입고 있던 비단 치마를 벗어 산신령께 선물했다.

● 유천간(留天干) 가야나라 초기의 아홉 추장 가운데 하나.
● 신귀간(神鬼干) 가야나라 초기의 아홉 추장 가운데 하나

왕후를 모시고 온 신하로는 신보와 조광 두 사람과 그들의 아내 모정과 모량을 비롯해 종들까지 스물이 넘는 사람이 따라왔다. 보자기에 싸서 가지고 온 금으로 수놓은 비단과 아름다운 옷감, 금은 보옥과 구슬, 그릇들도 이루 헤아릴 수가 없었다.

왕후가 임시 궁궐로 점점 가까이 다가오자 임금이 맞이해 함께 비단 방으로 들어왔다. 가까운 신하들뿐 아니라 모든 사람이 댓돌 아래 나와 인사를 드리고 물러났다.

임금이 일을 맡은 벼슬아치에게 명하여 왕후를 모시고 따라온 두 신하 부부를 데려와서 말했다.

"이들에게 저마다 방을 하나씩 주어 편히 쉬게 하고, 모시고 따라온 다른 사람들도 한 방에 대여섯씩 나누어 쉬

게 하라. 그리고 향내 나는 음료와 맛나는 술을 나누어 먹이고, 비단
자리와 고운 이불에서 잠자도록 하라. 옷이며 옷감이며 보석 따위도
모두 나누어 주고, 군사를 많이 모아 지켜 주도록 하라."

그러고는 임금과 왕후가 함께 방으로 들었는데, 왕후가 조용히 말
했다.

"저는 사실 아유타나라의 공주입니다. 성은 허씨이며 이름은 황옥
(노란 구슬)이고, 나이는 열여섯입니다. 지난 오월에 임금이신 아버지와
왕후이신 어머니가 저를 보고 말씀하셨습니다.

'우리 둘이 어젯밤에 같은 꿈을 꾸었다. 꿈에 하느님
을 만났는데, 가락국 임금 수로를 두
고 하늘이 내려보내 나라를

맡겼으니, 참으로 신성한 사람이라고 하시더구나. 또 수로임금이 새로운 나라를 다스리면서 아직 짝을 정하지 못했다면서 우리에게 공주를 보내 짝을 삼을 수 있게 하라 하시고는 곧장 하늘로 올라가셨다. 잠을 깬 뒤에도 하느님의 말씀이 귀에서 사라지지 않으니 너는 곧바로 우리 곁을 떠나 가락국으로 가거라.'

그 뒤로 저는 바다에 떠서 찐 대추를 찾고 하늘에 올라 하늘 복숭아를 얻어 보잘것없는 모습으로 임금님 얼굴을 가까이서 뵙게 됐습니다."

그러자 임금이 대답했다.

"나는 거룩하게 태어났기 때문에 공주가 멀리서 찾아올 줄 미리 알고 있었소. 그래서 신하들이 왕비를 맞이하라고 졸라도 듣지 않았다오. 이제 어질고 고운 그대가 스스로 찾아왔으니 나에겐 커다란 행복이오."

둘은 드디어 함께 사랑을 나눴다. 그렇게 맑은 밤을 두 차례, 흰 낮을 한 차례 지나니 왕후가 타고 온 배를 돌려보낼 때가 되었다. 임금은 뱃사공 열다섯 사람에게 저마다 쌀 열 섬과 베 서른 필씩을 주어 아유타나라로 돌려보냈다.

임금과 왕후는 팔월 초하루에 함께 가마를 타고 궁궐로 돌아왔다. 신하 부부들도 가지런히 수레를 탔다. 왕후가 여러 나라에서 찾아 가져온 온갖 선물을 모두 싣고 천천히 들어오다 보니, 구리 항아리를 두

• **바다에~얻어** 남녘과 북녘을 두루 다니며 값진 선물을 찾아 얻었다는 말이다.

드려 한낮을 알리려는 무렵에 궁궐에 닿았다.

－《삼국유사》 권 둘, 〈기이〉 둘, 가락국기

● **구리 항아리를~무렵** 원문은 '時銅壺欲午(시동호욕오)'다.

나쁜 것은 물리치고 좋은 것은 불러오다

향가는 이두로 기록한 신라 때의 노래입니다. 이두는 한자의 소리와 뜻으로 우리말
소리를 적어 내는 방법이지요. 세종 임금 덕택으로 한글을 만들어 우리말 노래를
마음껏 적을 수 있기까지, 고조선은 말할 나위도 없고 고구려, 백제, 신라, 가야,
남북국, 고려의 기나긴 역사 안에 우리말로 적힌 노래는 없었습니다. 고려 광종 때 균여
대사가 지은 〈보현십원가〉 열한 마리가 이두로 적혀 혁련정의 《균여전》에 실려 있지만,
이는 《화엄경》의 가르침을 노래한 것이라 인간의 삶을 노래한 것과 다릅니다. 그렇기에
향가 열네 마리를 싣고 있는 《삼국유사》의 값어치는 헤아릴 길이 없습니다.

노래, 불교의 힘으로 나라의 태평을 빌다

《삼국유사》는 신라의 불교사를 드러내 보이고자 한 책이기 때문에 그 안에 실린 노래도
거의 불교에 얽힌 내용을 담았습니다. 시간상 첫 노래는 〈혜성가〉인데, 신라가 불교를
받아들이고 거의 일흔 해가 지난 6세기 말엽에 스님이 지은 것이지요. 끝 노래는 〈처용
가〉인데, 신라가 불교를 꽃피운 9세기 말엽, 울산 개운포에 망해사를 세운 일에 얽힌 내
용을 담았습니다. 이처럼 《삼국유사》에는 신라 천년에서 불교가 한창 꽃피었던 삼백 년
동안의 노래만 실려 있습니다.

승려, 귀족, 평민까지, 다양한 사람들의 다양한 이야기

노래 열네 마리가 모두 불교에 닿아 있지만 지은이는 갖가지 사람들입니다. 우선 융천
사, 충담사, 월명사, 영재 같은 스님들이 〈혜성가〉, 〈안민가〉, 〈찬기파랑가〉, 〈제망매가〉,
〈도솔가〉, 〈우적가〉의 여섯 마리를 지었습니다. 〈공덕가〉는 이름 없는 백성들이 지었고,
〈서동요〉는 백제에서 찾아온 총각 서동이 지었지요. 〈헌화가〉는 난데없이 나타난 노인

이, 〈처용가〉는 동해 미르 임금의 아들인 처용이, 불심 깊은 광덕의 아내와 아낙네 희명은 〈원왕생가〉와 〈도천수대비가〉를 지었습니다. 화랑의 무리 득오실은 〈모죽지랑가〉를, 벼슬아치 신충은 〈원가〉를 지었지요.

하늘과 땅과 귀신을 느끼게 하는 힘을 가진 노래
《삼국유사》에 실린 신라 노래 열네 마리의 속살은 한마디로 '나쁜 것은 물리치고 좋은 것은 불러오는 노릇(辟邪進慶)'입니다. 이는 노래가 '하늘과 땅과 귀신을 느끼게 하고 움직이는 힘(感動天地鬼神)'을 지녔다는 믿음에서 비롯됐습니다. 첫 노래인 6세기 말의 〈혜성가〉, 8세기 초의 〈헌화가〉, 끝 노래인 9세기 말의 〈처용가〉에서도 그런 내용을 맛볼 수 있습니다. 무엇보다도 〈처용가〉는 고려 왕실을 거쳐 조선 왕실까지 내려오며 나라의 안녕과 평안을 지키고 나쁜 일을 막아 주는 굿으로 살아 있었고, 물론 민간으로도 널리 퍼져 나갔습니다.

처용가   처용

서라벌 밝은 달 아래
밤들도록 노닐다가
들어와 자리를 보니
다리가 넷이로구나.

둘은 나의 것인데
둘은 누구의 것인고,
본디 내 것이다마는
앗아 갔으니 어찌하겠나.

넷… 미르 이야기

온갖 물결 잠재우는 젓대

신라 서른한째 임금인 신문임금의 이름은 정명이며 성은 김씨이다. 그는 신사년(681) 칠월 칠 일 임금 자리에 올랐다. 신문임금은 아버지 문무큰임금을 위해 동쪽 바닷가에 감은사라는 절을 지었는데, 그 이듬해인 임오년 오월 초하루의 일이다. 바다를 지키는 파진찬 박숙청이 임금께 아뢰었다.

"동쪽 바다 가운데 작은 뫼가 떠서 감은사를 똑바로 바라보고 오는데, 물결을 따라 왔다 갔다 합니다."

임금이 듣고 이상하게 여겨서 하늘의 뜻을 살피는 김춘질을 시켜 점을 쳐 봤더니 그가 말했다.

● **파진찬**(波珍湌) 신라 때에 둔, 십칠 관등 가운데 넷째 등급.

"임금님 아버지께서 바다의 미르가 되어 우리나라를 지키시니, 김유신 어른도 서른세 하늘(도리천)의 아들이 되어 함께 내려와 대신으로서 돕습니다. 두 분 성인께서 은덕을 함께하시어 나라 지키는 보배를 주려 하시니, 임금님께서 바닷가에 나가시면 반드시 값을 헤아릴 수 없는 보물을 얻으실 것입니다."

임금이 기뻐하여 같은 달 초이렛날 이견대에 납시어 바다에 뜬 뫼를 바라보았다. 그리고 사람을 보내 살펴보니 뫼는 마치 거북의 머리처럼 생겼고, 꼭대기에는 한 줄기 대나무가 있었다. 대나무는 낮에는 둘이 됐다가 밤에는 모여서 하나가 됐다. 임금이 이를 듣고 감은사에서 묵었다.

이튿날 한낮에 대나무가 하나로 모이자 하늘과 땅이 흔들리고 바람이 불고 비가 내리며 이레 동안이나 어두웠다. 그달 열엿새에야 비로소 바람이 자고 물결이 고요해졌다. 임금이 배를 타고 뫼에 들어가니 미르가 검은 옥으로 만든 허리띠를 바쳤다. 임금이 이를 받고 미르를 맞이해 같이 앉으며 물었다.

"뫼와 대나무가 갈라지기도 하고 보태지기도 하는 것은 무슨 까닭입니까?"

그러자 미르가 대답했다.

"한 손으로 치면 소리가 없고 두 손으로 치면 소리가 나는 것과 같

• **도리천(忉利天)** 불교의 우주관에서 분류된 하늘의 하나.
• **이견대(利見臺)** 경상북도 경주시 감포읍 대본리에 있는 신라 시대의 유적.

습니다. 대나무라는 것은 반드시 보태져야 소리가 나는 법입니다. 이는 임금께서 소리로 천하를 다스린다는 좋은 징조이니, 이 대나무를 베어다 젓대를 만들어 불면 천하가 태평할 것입니다. 임금님의 아버지께서 바다 가운데 큰 미르가 되셨고, 김유신 어른도 천신이 되셨습니다. 두 분 성인이 마음을 모아 이처럼 커다란 보물을 내려 주시고는 나에게 갖다 바치라 했습니다."

임금이 놀라고 기뻐하며 다섯 빛깔 비단과 금과 옥을 주고는 사람을 시켜 대나무를 베어 가지고 바다에서 나왔다. 그러자 뫼와 미르가 갑자기 보이지 않았다.

임금은 감은사에서 자고 열이렛날 지림사 서쪽 시냇가에 와서 수레를 멈추고 점심을 먹었다. 태자 이공이 대궐을 지키고 있다가 이 소식을 듣고 말을 달려 와서 인사를 드렸다. 그런 다음 천천히 살펴보고는 아뢰었다.

"옥으로 만든 이 허리띠의 여러 쪽이 모두 진짜 미르입니다."

"네가 그것을 어찌 아느냐?"

임금이 묻자 태자가 다시 아뢰었다.

"쪽 하나를 떼어 물에 넣어 보소서."

임금이 왼편 둘째 쪽을 떼어서 시냇물에 넣었더니 곧장 미르가 되어 하늘로 올라가고 그 땅은 못이 됐다. 그래서 이름을 용연(미르 못)이라 했다.

● 젓대 가로로 불게 되어 있는 관악기를 통틀어 이르는 말.

임금이 궁궐로 돌아와서 그 대나무로 젓대를 만들어 월성 천존고에 두었다.

　젓대를 불면 적병이 물러가고, 병이 낫고, 가뭄에는 비가 오고, 비 올 때는 개이며, 바람은 가라앉고, 물결도 고요해졌다. 그래서 이 젓대를 만파식적(온갖 물결을 잠재우는 젓대)이라 하고, 나라의 보물로 삼았다.

- 《삼국유사》 권 둘, 〈기이〉 둘, 만파식적

● **천존고**(天尊庫) 신라 도읍 경주에 있던 창고로, 만파식적을 보관했다고 한다.

미르 궁궐에 다녀온 각시

성덕임금 때의 이야기다. 순정공이 강릉 태수를 맡아 떠나가던 길이었다. 행차가 바닷가에 쉬면서 점심을 먹었다. 곁에는 돌벼랑이 바다를 병풍처럼 둘러싸고 있었는데, 그 높이가 천 길이나 됐다. 그리고 그 벼랑 위에는 철쭉꽃이 가득히 피어 있었다. 순정공의 각시 수로부인이 그 꽃을 보고 곁에 있는 사람들에게 말했다.

"저 꽃을 꺾어다 내게 줄 사람이 누구일꼬?"

그러자 부인을 모시고 가던 사람들이 모두 할 수 없다고 사양하며 말했다.

"사람의 발길이 닿을 수 없는 곳입니다."

• **태수**(太守) 신라 때에, 각 고을의 으뜸 벼슬.

그때 마침 한 늙은이가 암소를 몰고 그 곁을 지나가고 있었다. 그가 순정공 각시의 말을 듣고는 꽃을 꺾고 노래 한 마리도 지어서 함께 바쳤다. 이 늙은이가 어떤 사람인지는 알 수가 없었다.

이들이 이틀을 더 가다 보니 임해정이라는 정자가 있었다. 거기서 또 점심을 먹고 있는데, 갑자기 바다 미르가 순정공 각시를 붙잡아 바다로 들어갔다. 순정공이 놀라서 어쩔 줄을 모르고 이리저리 뛰며 땅에 넘어지기도 했으나 방법을 찾을 수가 없었다. 그때 또 한 늙은이가 나타나더니 말했다.

"옛사람들 말에 많은 사람의 입은 쇠라도 녹일 수 있다고 했습니다. 바닷속 목숨인들 많은 사람의 입을 어찌 두려워하지 않겠습니까? 고을 백성을 불러 모아 노래를 지어 부르면서 막대로 언덕을 두드리면 곧 부인을 만날 수 있을 것입니다."

이 말을 따라 했더니 미르가 수로부인을 모시고 바다에서 나와 순정공에게 바쳤다. 순정공이 수로부인에게 바닷속 일이 어떠하더냐고 물었더니 부인이 대답했다.

"온갖 보석으로 꾸민 궁전에다, 음식은 맛나고 부드럽고 향기롭고 깨끗해서 사람이 만든 것이 아니었습니다."

그러고 보니 부인의 옷에도 이상한 향내가 배어 있었는데, 이 세상에서 맡아 볼 수 없는 향 내음이었다. 본디 수로부인은 모습이 너무나 빼어나서 깊은 산골이나 커다란 물가를 지나갈 때면 자주 신비한 무

• **마리** 지난날 선비들이 노래를 헤아릴 적에, 글로는 '수(首)'라 썼으나 말로는 '마리'라 했다.

엇에 붙들리곤 했다.

여러 사람이 소리 맞추어 부른 〈해가사(바다 노래)〉는 이러했다.

거북아 거북아 수로를 내어라.

남의 각시 빼앗는 죄가 얼마나 크냐.

너 정말 건방지게 내놓지 않으면,

그물로 잡아서 구워 먹겠다.

그리고 늙은이의 〈헌화가(꽃 바치는 노래)〉는 이러했다.

짙붉은 바윗가에,

잡았던 암소 놓아두고,

나를 나무라지 않으시면,

꽃을 꺾어 바치오리다.

– 《삼국유사》 권 둘, 〈기이〉 둘, 수로부인

서낭이 된
미르 임금의 아들

신라 마흔아홉째 임금인 헌강큰임금 시절에는 서라벌에서부터 바다 가까이까지 집이 가지런하고 담장이 이어져 있었다. 초가는 하나도 없었고, 피리 소리와 노랫소리가 길에 끊이지 않았으며, 바람과 비도 네 철에 골고루 알맞았다.

임금이 울산 개운포에서 노닐다가 돌아오는 길에 바닷가에서 잠시 쉴 때였다. 낮이었는데 갑자기 구름과 안개가 자욱하게 덮쳐 해를 가렸다. 그러자 사방이 깜깜해져서 길을 잃어버렸다. 하늘을 살피는 일관이 아뢰었다.

"이는 동해 미르가 일으킨 일입니다. 마땅히 미르에게 좋은 일을 해 주셔야 풀어 줄 것입니다."

이에 임금은 일 맡은 벼슬아치에게 미르를 위해 가까운 곳에 절을

지어 주라고 시켰다. 임금의 명령이 떨어지자마자 구름이 개이고 안개
도 흩어졌다. 그래서 그 바닷가 이름을 개운포(구름 개인 나루)라 했다.

동해 미르가 기뻐하며 일곱 아들을 거느리고 임금의 수레 앞에 나
타났다. 그러고는 임금의 덕을 기리는 춤을 추고 악기를 켰다. 미르의
아들 하나는 수레를 따라 서라벌에 들어와서 임금의 나랏일을 도왔는
데, 그의 이름이 처용이다. 임금은 처용에게 아름다운 처녀를 짝지어
주고, 그의 마음이 서라벌에 머물러 있게 하려고 급간 벼슬도 주었다.

처용의 아내는 참으로 아름다웠다. 그런데 무서운 마마 역신이 그녀
를 마음에 그리며 늘 따르고 싶어 했다. 그러다가 하루는 밤에 사람의
모습을 하고는 처용의 집에 들어와 그 아내와 몰래 하나가 되어 잠을
잤다.

처용이 밖에서 집으로 돌아와 보니 잠자는 자리에 두 사람이 있었
다. 이에 처용이 노래를 부르고 춤을 추면서 뒤로 물러났다. 노래는
이러했다.

서라벌 밝은 달 아래 밤들도록 노닐다가
들어와 자리를 보니 다리가 넷이로구나.
둘은 나의 것인데 둘은 누구의 것인고,
본디 내 것이다마는 앗아 갔으니 어찌하겠나.

그러자 마마 역신이 모습을 드러내고 처용 앞에 무릎을 꿇은 채로
말했다.

"내가 그대의 아내를 탐내다가 그녀를 해쳤습니다. 그런데도 그대가 성을 내지 않으니, 그 아름다움에 깊은 감동을 받았습니다. 맹세컨대 이제부터는 그대의 모습을 그린 그림만 보아도 그 집 문 안으로 들어가지 않겠습니다."

이때부터 나라 사람들이 문에다 처용의 모습을 그려 붙여서 나쁜 일을 피하고 좋은 일로 나아가고자 했다.

임금은 왕궁으로 돌아와서 영취산 동녘 자락에 좋은 곳을 찾아 절을 세웠다. 절의 이름은 망해사 또는 신방사라고 했다. 이는 미르를 위해서 세운 절이었다.

– 《삼국유사》 권 둘, 〈기이〉 둘, 처용랑 망해사

• 급간(級干) 신라 때에 둔, 십칠 관등 가운데 아홉째 등급.

미르 임금의
딸을 얻은 거타지

신라 쉰한째 임금인 진성여자임금 때의 일이다. 아찬 양패는 임금의
작은아들이었는데, 당나라에 사신으로 가게 됐다. 그런데 후백제의
해적이 진도에서 사신 일행을 가로막는다는 소문이 들렸다. 양패공은
활 잘 쏘는 군사 쉰 명을 뽑아 따르게 했다.

　배가 곡도(고니 섬)에 이르렀을 때 풍랑이 크게 일어나 열흘이 넘도
록 섬에 묵을 수밖에 없었다. 양패공이 걱정스러운 마음에 사람을 시
켜 점을 쳐 보았더니, 섬에 있는 신령스러운 못에서 제사를 지내면 좋
을 것이라 했다. 이 말대로 못 위에 제전을 차려 놓으니 못물이 한 길
이나 넘게 용솟음을 쳤다. 그리고 그날 밤 양패공의 꿈에 한 노인이

● 제전(祭典) 제사의 의식.

나타나 말했다.

"활 잘 쏘는 사람 하나를 이 섬에 남겨 두고 머물게 하면 순풍을 얻을 수 있을 것입니다."

양패공이 잠에서 깨어 곁에 있던 사람들에게 꿈 이야기를 하면서 누구를 남겨 두면 좋을지 물었다. 사람들은 나뭇조각 쉰 개를 만들어 거기 이름을 써서 물에 넣어 제비를 뽑자고 했다. 그 말대로 했더니 거타지라는 군사의 이름만 물에 가라앉았다. 이에 거타지만 머물러 있게 하고 떠나니 곧장 순풍이 일어나서 배는 거침없이 나아갔다.

혼자 남은 거타지가 걱정에 싸여 섬 위에 나와 서 있는데, 난데없이 한 노인이 못에서 나와 말했다.

"나는 서해 바다 임금이다. 날마다 해가 뜰 때면 한 중이 하늘에서 내려와 다라니경을 외우면서 이 못을 세 바퀴 돈다. 그러면 우리 부부와 자손이 모두 물 위로 떠오른다. 그때 중이 자손들의 애와 창자를 다 빼어 먹고, 오직 우리 부부와 딸 하나만 남겨 놓았다. 내일 아침에도 그 중이 반드시 또 올 것이니, 바라건대 그대가 활을 쏘아 중을 죽여 달라."

거타지가 대답했다.

"활 쏘는 것이라면 잘할 수 있습니다. 내게 맡기십시오."

노인은 고맙다며 인사하고 물속으로 들어갔고, 거타지는 못가에 숨

• **다라니경(陀羅尼經)** 산스크리트를 번역하지 않고 소리 그대로 적은 불교의 비밀스러운 주문.
• **애** 간(肝)의 우리말.

어서 기다렸다. 이튿날 동쪽에서 해가 솟아오르자 과연 중이 와서 전날과 같이 주문을 외우며 늙은 미르의 애를 빼 먹으려 했다. 바로 그때 거타지가 활을 쏘아 맞히자 중은 곧 늙은 여우로 바뀌어 땅에 떨어져 죽었다.

그러자 노인이 나타나 거타지에게 고맙다고 인사하며 말했다.

"그대의 은혜로 목숨을 지켜 냈으니 우리 딸을 아내로 삼아 주면 좋겠네."

"따님을 주신다면 어찌 저버리겠습니까? 짐짓 바라던 바입니다."

거타지가 대답하자 노인은 딸을 한 송이 꽃으로 탈바꿈시켜서 그의 품속에 넣어 주었다. 또 두 마리 미르에게 거타지를 모시고 사신의 배를 쫓아가서 그 배를 지키고 돌보며 당나라에 잘 닿도록 해 주라고 명했다.

두 마리 미르가 신라 배를 받들고 있는 것을 본 당나라 사람들이 임금에게 이를 아뢰었다. 당나라 임금은 신라 사신이 보통 사람이 아님을 알고 잔치를 베풀어 그를 여러 신하의 윗자리에 앉히고 상으로 값비싼 물건을 내렸다.

고국으로 돌아온 거타지가 품에 지닌 꽃가지를 꺼내니 곧장 여인으로 바뀌었으므로 함께 살았다.

– 《삼국유사》 권 둘, 〈기이〉 둘, 진성여대왕 거타지

이무기와 함께 산 스님

보양스님이 중국에서 부처님의 가르침을 받고 신라로 돌아올 적의 일
이다. 서해 한가운데에서 미르 임금이 나타나더니 스님을 맞이해 미르
궁전으로 데리고 갔다. 미르 임금은 스님에게 불경을 외우게 하고서는
황금으로 짠 비단으로 가사 한 벌을 지어 선물로 주었다. 그리고 맏아
들 이목(이무기)을 보내 스님을 모시고 돌아가게 하면서 부탁했다.

　"지금 고구려, 백제, 신라 세 나라가 어지러워 아직 부처님의 가르
침에 귀의하는 임금이 없소. 만일 내 아들과 함께 신라 작갑(까치곶)에
돌아가 절을 짓고 있으면 도적을 피할 수 있을 것이오. 또한 몇 해가
못 되어 반드시 부처님 법을 보호하는 어진 임금이 나와서 세 나라를

---

* **가사(袈裟)** 장삼 위에 왼쪽 어깨에서 오른쪽 겨드랑이 밑으로 걸쳐 입는 스님의 옷.

하나로 아우를 것이오."

보양스님은 미르 임금과 작별하고 신라로 돌아와 작갑 마을에 이르렀다. 그때 갑자기 늙은 중 하나가 나타나더니 스스로 원광이라 하면서 도장이 든 상자를 안고 나와 건네주고는 사라졌다.

이때 보양스님이 허물어진 절을 일으키겠다는 뜻을 세우고 북쪽 고갯마루에 올라 바라보았다. 그곳에서 다섯 층으로 쌓은 누른빛 탑이 있는 뜰을 발견하고 내려와 찾아보니 아무 자취도 보이지 않았다. 다시 마루로 올라가 바라보니 이번에는 까치가 떼를 지어 땅을 쪼고 있었다. 보양스님은 그제서야 서해 미르 임금이 작갑이라 하던 말을 떠올리고 그 자리를 찾아 파 보았다. 과연 땅속에는 오래된 벽돌이 수없이 많았다. 이를 모두 주워 모아 탑을 쌓아 올리고 나니 남는 벽돌이 하나도 없었다. 보양스님은 여기가 옛날에 절이 있던 자리임을 알고 새로 절을 온전하게 지어서 머물며 작갑사라 이름 붙였다.

머지않아 태조 왕건이 세 나라를 하나로 아우른 뒤, 보양스님이 여기 와서 새로 절을 짓고 머무른다는 말을 들었다. 왕건은 다섯 곳의 밭을 모아 합하여 오백 결을 그 절에 바쳤다. 태조 이십 년에는 임금이 운문선사라는 현판을 내려 부처님의 신령한 은혜를 받들게 했다.

이목은 언제나 절 곁의 작은 못에 있으면서 불교가 일어날 수 있도록 남몰래 도왔다. 그러던 어느 해, 갑자기 날이 몹시 가물어 밭에 채

• 곶 바다 쪽으로, 부리 모양으로 뾰족하게 뻗은 육지.
• 결 논밭 넓이의 단위.

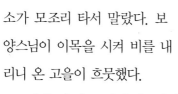

소가 모조리 타서 말랐다. 보
양스님이 이목을 시켜 비를 내
리니 온 고을이 흐뭇했다.

　그런데 이 일로 인해 하느님이 이목을 몰래
죽이려 했다. 이목이 다급한 사정을 알렸더니
보양스님이 부처님 앉은 탑상 아래에다 그를 감
췄다. 얼마 지나지 않아 천사가 뜰에 내려와서
이목을 내놓으라고 했다. 스님이 뜰 앞에 선
배나무를 손가락으로 가리켜 주었더니 천
사가 그 나무에 벼락을 치고는 올라갔다.
배나무는 꺾이고 잎이 시들었다가 미르가
어루만지자 곧장 되살아났다. 그 나무가 몇 해 전
에 땅에 쓰러져서 한 사람이 나무로 방망이를
만들어 법당과 식당에 잘 갈무리해 두었는데,
방망이 자루에는 노랫글이 새겨져 있었다.

－《삼국유사》 권 넷, 〈의해〉 다섯, 보양 이목

● **천사**(天使) 하느님의 심부름꾼.
● **배나무** 한자로 하면 '이목(梨木)'이다.

미르 이야기

남녘 사람들이 믿었던 목숨의 임자

우리는 아득한 옛날, 먼 남녘 바다에서 올라온 사람들과 먼 북녘 바이칼 호수
언저리에서 내려온 사람들이 만나서 어우러진 겨레입니다. 남녘 사람들은 모든 목숨이
물 밑, 땅 밑에서 올라온다는 것을 눈으로 보아서 알았고, 북녘 사람들은 모든 목숨이
하늘의 햇볕을 받아 나고 자라며 산다는 것을 눈으로 보아서 알았습니다. 그래서 남녘
사람들은 목숨의 임자가 물 밑, 땅 밑에 있다고 믿었고, 북녘 사람들은 목숨의 임자가
하늘 위에 있다고 믿었지요. 미르는 남녘 사람들이 믿었던 목숨의 임자가 사람들 앞에
드러난 모습이었습니다.

여러 지역에서 전하는 미르의 모습

미르는 실제로 존재하기보다 머릿속 상상으로 빚어 낸 모습입니다. 그러나 본디부터 상
상으로 그려진 것은 아니었지요. 미르는 눈에 보이고 손으로 만질 수 있으며, 여름이면
물에서 살고 겨울이면 땅 밑 굴속으로 자취 없이 사라지는 뱀이었습니다. 지금도 제주
도 동쪽 지역에서는 뱀을 물 밑, 땅 밑에 사는 목숨의 임자로 여기는 사람들이 적지 않
지요. 제주만큼은 아니지만 내륙에서도 뱀(구렁이)을 집안 살림의 지킴이로 굳게 믿으며
사는 곳이 많습니다.

땅과 물 밑을 오가며 집안을 지켜 주던 지킴이가 세월이 흐르면서 바다 밑 세상과 하늘
위 세상을 오르내리며 비와 바람을 다스리는 미르로 탈바꿈했습니다. 그래서 바다 밑에
는 용궁이 있고, 하늘 위에는 미리내(미르가 사는 냇물)가 있지요.

땅 밑에 사는 목숨의 임자가 뱀이나 미르로 드러나기 전에는 일찍이 '지신(땅 서낭)'이 있었습니다. 진수가 쓴 중국 역사책 《삼국지》에도 이런 사실이 실려 있습니다.

마한에서는 해마다 씨뿌리기를 마친 오월이면 귀신에게 제사를 드리는데, 수많은 사람이 무리를 이루어 노래하고 춤추고 술을 마시며 밤낮을 쉬지 않는다. 그 춤은 수십 명이 모두 일어나 서로 따르며 땅을 쿵쿵 밟고 손발을 서로 맞추니 춤사위가 마치 탁무와 비슷하다. 가을걷이를 마친 시월에도 그와 같이 한다.

여기서 '귀신'은 곧 지신이고, '수십 명이 모두 일어나 서로 따르며 땅을 쿵쿵 밟고 손발을 서로 맞추어' 추던 춤은 지신밟기 풍습으로 남아 있습니다. 아직도 삼남 전역에서는 설에서 대보름까지 집집마다 돌며 벌이는 지신밟기라는 민속놀이를 하는데, 이는 물 밑, 땅 밑 목숨의 임자께 드리는 으뜸 제사입니다. 지신을 가장 기쁘게 해 드리는 노릇이 땅을 쿵쿵 밟아 주는 춤이기 때문이지요.

미르로 드러나기까지 땅 서낭의 변천

지신은 뱀이나 미르로 모습을 드러내기 전에 사람의 모습으로 나타나기도 했습니다. 바로 제주의 '설문대할망'과 내륙에 두루 퍼져 있는 '마고할미'의 모습이었지요. 이 할머니(할망 또는 할미)들은 혼자서 온갖 목숨과 세상 만물을 만들어 내는 힘을 지녔습니다. 설문대할망과 마고할미가 만든 섬과 뫼와 성과 내와 벌판과 골짜기는 아직도 나라 곳곳에 남아 있습니다. 아기장수 이야기를 비롯해 과부가 아기를 낳았다는 내용이 담긴 여러 설화 속의 과부도 마고할미의 핏줄인 셈입니다. 제주를 비롯해 섬과 바다를 삶터로 삼는 삼남 해안에서는 바람과 비를 다스리는 영등할미가 아직도 큰 힘을 지니고 살아 있습니다. 그래서 음력 이월 초하루에서 보름까지 제주와 삼남 해안에서 지내는 영등굿이나 '용왕 먹이기'도 사라지지 않고 있지요.

《삼국유사》에 미르 이야기가 많은 까닭

《삼국유사》의 중심 무대는 통일 신라입니다. 통일 신라는 땅 서낭을 믿고 살던 진한·변한·마한, 곧 삼한을 아우른

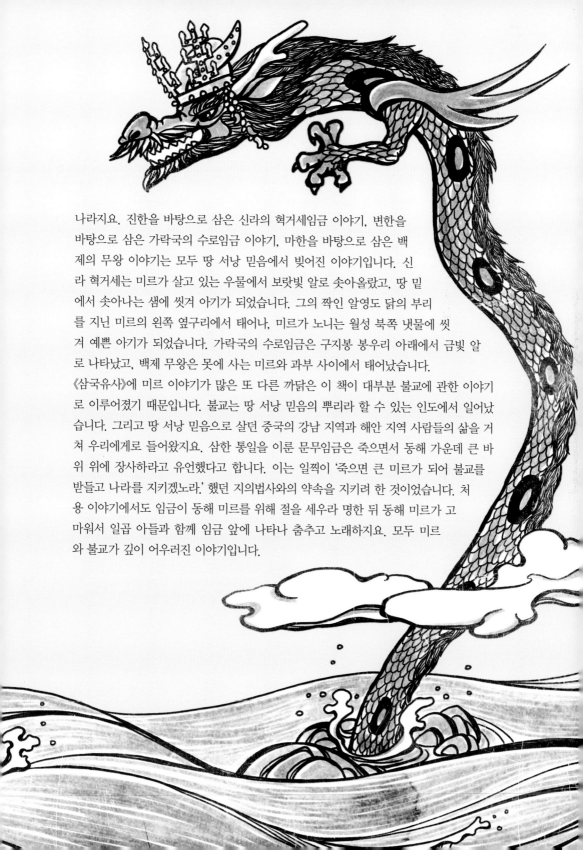

나라지요. 진한을 바탕으로 삼은 신라의 혁거세임금 이야기, 변한을
바탕으로 삼은 가락국의 수로임금 이야기, 마한을 바탕으로 삼은 백
제의 무왕 이야기는 모두 땅 서낭 믿음에서 빚어진 이야기입니다. 신
라 혁거세는 미르가 살고 있는 우물에서 보랏빛 알로 솟아올랐고, 땅 밑
에서 솟아나는 샘에 씻겨 아기가 되었습니다. 그의 짝인 알영도 닭의 부리
를 지닌 미르의 왼쪽 옆구리에서 태어나, 미르가 노니는 월성 북쪽 냇물에 씻
겨 예쁜 아기가 되었습니다. 가락국의 수로임금은 구지봉 봉우리 아래에서 금빛 알
로 나타났고, 백제 무왕은 못에 사는 미르와 과부 사이에서 태어났습니다.
《삼국유사》에 미르 이야기가 많은 또 다른 까닭은 이 책이 대부분 불교에 관한 이야기
로 이루어졌기 때문입니다. 불교는 땅 서낭 믿음의 뿌리라 할 수 있는 인도에서 일어났
습니다. 그리고 땅 서낭 믿음으로 살던 중국의 강남 지역과 해안 지역 사람들의 삶을 거
쳐 우리에게로 들어왔지요. 삼한 통일을 이룬 문무임금은 죽으면서 동해 가운데 큰 바
위 위에 장사하라고 유언했다고 합니다. 이는 일찍이 '죽으면 큰 미르가 되어 불교를
받들고 나라를 지키겠노라.' 했던 지의법사와의 약속을 지키려 한 것이었습니다. 처
용 이야기에서도 임금이 동해 미르를 위해 절을 세우라 명한 뒤 동해 미르가 고
마워서 일곱 아들과 함께 임금 앞에 나타나 춤추고 노래하지요. 모두 미르
와 불교가 깊이 어우러진 이야기입니다.

다섯 … 신비로운 이야기

김알지

임금 자리 넘겨준
금궤 아기

경신년(60) 팔월 사 일 밤에 호공이 월성 서녘 마을을 지나가는데 시림 (첫 숲) 가운데서 크고 밝은 빛이 나타났다. 붉은 구름이 하늘에서 땅까지 드리웠는데, 그 구름 속 나뭇가지에 누른 금빛 궤가 걸려 있었다. 궤에서는 빛이 나왔으며, 흰닭이 나무 아래에서 울고 있었다.

호공이 이를 탈해임금께 알려 드렸더니 임금이 몸소 그 숲에 가서 궤를 열어 보았다. 궤 안에는 어린 사내아이가 누워 있었는데, 궤를 열자 곧장 일어났다. 이는 마치 혁거세의 이야기와 같았으므로 그의 말에 따라 이름을 알지라고 지었다. 알지는 우리말로 아기라는 뜻이다.

임금이 아기를 안고 대궐로 돌아오자 새와 짐승이 서로 따르고 기뻐 뛰면서 춤을 추었다. 임금은 좋은 날을 골라 알지를 태자의 자리에 올렸으나, 알지는 뒷날 파사에게 임금 자리를 넘겨주고 오르지 않았

119

다. 금궤에서 태어났다 하여 성을 김이라 했다.

－《삼국유사》 권 하나, 〈기이〉 하나, 김알지 탈해왕대

죽은 임금과
산 열녀가 낳은 비형랑

일찍이 사량부에 한 백성의 아내가 있었는데, 얼굴이 하도 고와서 사람들이 도화녀(복사꽃 각시)라 불렀다. 진지임금이 이 소문을 듣고 여인을 대궐로 불러들여 아내로 삼고자 했다. 그러자 여인이 말했다.

"한 여자가 두 남편을 섬기는 법은 없는 줄로 압니다. 비록 임금의 힘이라 할지라도 남편을 두고 다른 남자에게 가게 할 수는 없습니다."

"너를 죽이면 어찌하겠느냐?"

임금이 묻자 여인이 대답했다.

"차라리 죽을지언정 다른 길로 가지는 않겠습니다."

임금이 짐짓 놀려 보는 마음으로 다시 물었다.

"네 남편이 없으면 되겠느냐?"

"그렇다면 될 수 있습니다."

이렇게 대답하자 임금이 여인을 집으로 돌려보냈다.

그런데 이해에 백성들이 임금을 자리에서 끌어내렸고, 임금은 세상을 떠났다. 세 해 뒤에는 여인의 남편도 죽었다. 남편이 죽은 지 열흘이 되던 날 밤중에 임금이 생시처럼 여인의 방에 나타나 말했다.

"네가 지난날 허락한 바가 있었다. 이제 남편이 없으니 나와 함께 살아도 좋겠느냐?"

여인이 가볍게 허락할 수가 없어서 어버이께 여쭈었다.

"임금의 말씀을 어찌 어기겠느냐?"

어버이는 이렇게 말하며 딸을 방으로 들여보냈다.

그 뒤로 이레 동안 다섯 빛깔 구름이 집을 덮고 달콤한 내음이 방 안에 가득하더니 이레가 지나자 갑자기 임금의 자취가 사라졌다. 여인은 곧장 태기가 있었고, 달이 차서 몸을 풀려고 하자 하늘과 땅이 뒤흔들리더니 한 사내아이를 낳았다. 아기의 이름은 비형(코가시)이라 했다.

진평큰임금이 소문을 듣고 이상하게 여겨 비형랑을 궁중에 불러들여다 길렀다. 비형랑이 열다섯 살이 되자 집사 벼슬에 올랐는데, 그는 밤마다 멀리 대궐을 빠져나가 놀았다. 임금이 날랜 군사 쉰 명을 시켜서 지키게 했는데, 비형랑은 늘 성을 날아서 넘어 서녁의 황천(거친 시내) 언덕 위에 가서 도깨비 무리를 데리고 놀았다.

군사들이 수풀 속에 숨어서 엿보았더니 도깨비들은 여러 절에서 들리는 새벽 종소리를 듣고는 저마다 흩어지고 비형랑도 궁궐로 돌아왔다. 군사가 임금께 사실대로 아뢰니 임금이 비형랑을 불러 물었다.

"네가 도깨비를 데리고 논다는 것이 참말이냐?"

"그러합니다."

대답을 듣고 임금이 말했다.

"그렇다면 도깨비들을 부려서 신원사 북녘 개천에 다리를 놓아 보아라."

비형랑이 임금의 명령을 받들어 도깨비 무리를 시켜서 하룻밤 사이에 돌을 다듬어 큰 다리를 놓았다. 사람들이 이를 귀교(도깨비 다리)라 했다. 그러자 임금이 다시 물었다.

"도깨비들 가운데 사람으로 나타나서 나라의 정사를 도울 자가 있겠느냐?"

"길달이라는 도깨비가 있는데 정사를 도울 만합니다."

비형랑이 대답하자 임금이 그를 데려오라고 했다.

이튿날 비형랑이 길달을 데리고 와서 보였더니 임금이 그에게 집사 벼슬을 주었다. 길달은 과연 충성스럽고 정직하기 그지없었다. 임금은 아들이 없는 각간 임종에게 길달을 아들로 삼으라고 명했다. 임종은 길달을 아들로 삼고는 흥륜사 남녘에 다락문을 세우도록 했다. 그리고 길달에게 밤마다 거기 가서 자게 했으므로 그 문을 길달문이라 했다.

하루는 길달이 여우로 탈바꿈해 도망을 치자 비형랑이 도깨비들을

• **다락문** 궁궐이나 성곽에 드나드는 문처럼 무지개문(홍예문) 위에다 다락집(누각)을 올려 만든 큰문. 한자로 '樓門(누문)'이라 쓴다.

시켜 잡아서 죽였다. 그 뒤로 도깨비 무리가 비형랑을 두려워해 달아
나니 사람들이 이런 글을 지었다.

거룩하신 임금의 넋이 낳으신 아들, 비형랑의 집이 여기로구나.
날고뛰는 온갖 도깨비, 여기 머물고자 못하리라.

이 글을 써 붙여 도깨비를 물리치는 풍속이 여기서 비롯했다.

– 《삼국유사》 권 하나, 〈기이〉 하나, 도화녀 비형랑

벼슬을 얻은 거문고와 젓대

임진년(692) 구월 초이렛날 효소임금이 대현 사찬의 아들 부례랑을 국선으로 삼았다. 부례랑의 무리는 일천 명이었는데, 국선은 그 가운데 안상이란 사람을 가장 사랑했다. 이듬해인 계사년 삼월에 부례랑이 무리를 이끌고 강원도 금란으로 유람을 떠났다. 원산 쪽으로 나아가던 길에 부례랑이 도적에게 잡히자 모두 놀라 어찌할 바를 모르고 서라벌로 돌아왔다. 안상만이 홀로 부례랑을 쫓아갔는데, 때는 삼월 열하루였다.

효소임금이 이 소식을 듣고 매우 놀라 말했다.

"아버지께서 신령한 젓대를 얻어 나에게 주셨는데, 거문고와 함께

● **사찬**(沙湌) 신라 때에 둔, 십칠 관등 가운데 여덟째 등급.

대궐 안 창고에 두었다. 그런데 국선이 무슨 까닭으로 갑자기 도적에게 잡혀갔단 말인가? 이를 어찌하면 좋겠는가?"

그때 문득 아름다운 구름이 일더니 젓대를 갈무리해 둔 천존고를 덮었다. 임금이 두려워하며 사람을 시켜 살펴보니 창고에 두었던 두 보물, 거문고와 젓대가 모두 없어졌다.

"내가 무슨 잘못을 저질러 어제는 국선을 잃고, 오늘은 또 거문고와 젓대까지 잃는단 말인가?"

임금이 탄식하며, 창고를 맡아 지키던 벼슬아치 김정고를 비롯해 다섯 사람을 옥에 가두었다.

사월에는 온 나라 안에다 '거문고와 젓대를 찾아오는 사람에게는 한 해의 세금을 상금으로 주겠노라.' 하는 방을 내걸었다.

그때 부례랑의 어버이는 백률사 부처님 앞에 나아가 여러 날 동안 저녁 기도를 드리고 있었다. 그런데 오월 보름 저녁에 향불 피운 탁자 위에 거문고와 젓대 두 보물이 난데없이 놓이더니 부례랑과 안상 두 사람도 불상 뒤에 와서 섰다. 어버이가 몹시 기뻐하며 어떻게 된 일이냐고 물었더니 부례랑이 대답했다.

"제가 그쪽 나라에 잡혀간 뒤로 총리인 구라의 집에서 소를 치고 있었습니다. 그러던 어느 날 대오라니 들판에서 소 떼를 돌보고 있었는데, 갑자기 깨끗한 스님 한 분이 손에 거문고와 젓대를 들고 서서 저를 위로하며 고향을 생각하느냐고 물었습니다. 저는 엉겁결에 무릎을 꿇고 '임금님과 어버이 그리워하는 마음을 어찌 말로 다할 수 있겠습니까?' 하고 대답했습니다. 스님은 자기를 따라오라고 하며 바닷가루 데리고 갔는데, 거기서 안상을 만났습니다. 스님이 젓대를 둘로 쪼개어 우리 두 사람에게 나누어 주면서 그 위에 타라 하고, 스님은 거문고를 타고 둥둥 떠가더니 어느새 여기에 닿았습니다."

부례랑의 어버이는 이 일을 곧장 임금께 자세히 아뢰었다. 임금이 크게 놀라며 부례랑을 어서 맞이하라고 명하자, 부례랑은 거문고와 젓대를 지니고 대궐로 들어갔다.

임금은 오십 냥씩 되는 금그릇과 은그릇 다섯 개씩 두 벌, 누비 가사 다섯 벌, 비단 삼천 필, 밭 일만 결을 백률사에 시주로 바쳐 은덕에 보답했다. 또 온 나라의 죄인을 용서해 풀어 주고, 관리들의 벼슬을 세 등급씩 올려 주었으며, 백성들에게는 삼 년 동안의 세금을 면제해 주었다.

임금은 백률사 주지를 봉성사로 옮겨 주고, 부례랑을 대각간으로 삼았다. 부례랑의 아버지 대현 아찬은 태대각간으로 삼고, 어머니 용

• **냥** 무게 단위. 귀금속이나 한약재 따위의 무게를 잴 때 쓴다.

보부인은 사량부 경정궁주로 삼았다. 그리고 안상을 대통으로 삼고, 창고지기 다섯은 모두 용서해 벼슬 다섯 급을 올려 주었다.

유월 열이튿날에 혜성이 동녘에 나타나고 열이렛날에는 서녘에도 나타났다. 이에 하늘 뜻을 읽는 일관이 아뢰었다.

"거문고와 젓대에게 벼슬을 내리지 않아서 그렇습니다."

임금이 신령한 젓대를 '만만파파식적'으로 삼았더니 혜성이 그제야 사라졌다. 그런 뒤에도 신령스러운 일이 많았으나 글이 번잡하여 싣지 않는다.

– 《삼국유사》 권 셋, 〈탑상〉 넷, 백률사

- **대각간**(大角干) 재상 급인 각간의 으뜸으로 가장 높은 재상을 뜻한다.
- **태대각간**(太大角干) 나라에 큰 공로가 있는 사람을 예우하기 위해 베푼 가장 높은 벼슬.
- **궁주**(宮主) 신라 후기에 임금의 후궁이나 딸(공주)에게 주던 이름. 그만큼 높은 이름을 내렸다.
- **대통**(大統) 신라 후기에 스님에게 내리던 벼슬(승관)에서 가장 높은 자리.
- **혜성**(彗星) 가스 상태의 빛나는 긴 꼬리를 끌고 긴 타원이나 포물선에 가까운 궤도를 그리며 움직이는 별. 옛날에는 이 별이 나타나는 것을 매우 언짢게 여겼다. 우리말로는 '살별' 또는 '꼬리별'이라 부른다.
- **만만파파식적** '만파식적'을 곱절로 높여서 붙여 준 이름.

땅속 세상으로 내려간 아이

서라벌 만선 북녘 마을에 한 과부가 살았는데 남편도 없이 아이를 가졌다. 이 아이는 태어나서 열두 살이 될 때까지 자랐는데도 말을 하지 못하고 일어서지도 못했다. 사람들은 이 아이를 '뱀 아이'라는 뜻으로 사복이라 불렀다.

하루는 갑자기 사복의 어머니가 죽었다. 그때 원효스님이 고선사라는 절에 살았는데, 사복이 찾아오자 인사를 올리며 맞이했다. 사복은 인사에 답을 하지도 않고 말했다.

"그대와 나를 위해 지난날 불경을 싣고 다니던 암소가 이제 죽었다. 함께 장사를 치르는 것이 어떻겠는가?"

● 사복(蛇福) '뱀 아이'의 '아이'를 한자로 '福, 卜, 伏(복)' 또는 '童(동)', '巴(파)'로도 썼다.

원효가 대답했다.

"그렇게 해야지."

두 사람은 함께 집으로 갔다. 사복은 원효더러 죽은 어머니가 극락 세상에서 복을 받도록 재를 드리라고 했다. 원효는 주검 앞에서 축문을 읊었다.

"태어나지 말았어야지, 그 죽음이 괴롭구나. 죽지 말았어야지, 그 삶이 괴롭도다."

"웬 말이 그리 많으냐."

사복이 원효의 축문을 타박하자 원효가 고쳐 읊었다.

"죽고 삶이 괴롭도다."

둘은 주검을 메고 활리산 동녘 등성이로 갔다. 그곳에서 원효가 말했다.

"지혜의 범을 지혜의 숲 가운데 묻는 것이 마땅하지 않겠습니까?"

그러자 사복이 찬미의 노래를 불렀다.

"옛날 석가모니 부처가 사라 나무 사이에서 극락으로 들어갔으니, 지금 여기 또한 그와 같은 사람이 있어 연꽃 가득 피어 있는 극락으로 들어가고자 하노라."

사복이 노래를 마치고는 억새 한 포기를 잡아 뽑으니 그 아래에 환히 밝고 맑고 텅 빈 세상이 있었다. 온갖 보물로 아름답게 꾸민 난간에 다락집이 놀랍도록 웅장했으며, 사람 사는 세상이 아니었다. 사복이 주검을 짊어지고 들어가니 구멍이 곧장 사라져 버렸다. 이에 원효는 홀로 돌아갔다. 뒷날 사람들이 이를 기려 금강산 동녘 등성이에 절을 짓고 이름을 도량사라 했다. 그리고 해마다 삼월 열나흘이면 빠지지 않고 점찰법회를 열었다.

사복이 세상에 모습을 드러내어 한 일은 오직 이뿐인데, 세상 사람들 사이에는 황당하게 끌어다 붙인 이야기가 많으니 웃기는 노릇이다.

― 《삼국유사》 권 넷, 〈의해〉 다섯, 사복불어

• **점찰법회(占察法會)** 이름 높은 스님을 모시고 보잘것없는 사람까지 모두 함께 참된 삶을 살자는 실천 운동 법회.

범을 사랑한 김현

그지없이 아름다운
범의 사랑

신라에는 해마다 삼월이 오면 초여드레부터 보름까지 서라벌 모든 사람이 남녀를 가리지 않고 모여 흥륜사 뜰에서 탑을 돌며 복을 비는 풍속이 있었다. 원성임금 시절에 김현이라는 총각이 밤이 깊도록 홀로 탑돌이를 그칠 줄을 모르고 하고 있을 때였다. 한 처녀도 염불을 하면서 탑을 돌다가 총각과 눈을 마주쳐 서로 알게 되었다. 탑돌이를 마치자 처녀가 김현에게 다가와 손을 잡고는 으늑한 곳으로 이끌고 갔다. 그리고는 둘이 서로 사랑을 나누었다.

처녀가 돌아갈 때가 되자 김현이 따라가려고 나섰다. 하지만 처녀는 뿌리치며 그러지 못하도록 했다. 김현은 도무지 홀로 떨어져 돌아갈 수가 없어서 억지로 따라갔다. 서산 기슭에 이르러 허름한 초가로 따라 들어가니 한 늙은 아낙네가 처녀에게 물었다.

"너를 따라온 사람이 누구냐?"

처녀가 있었던 일을 그대로 이야기했더니 늙은 여인이 낮은 소리로 말했다.

"비록 좋은 일이기는 하다만 없었던 것만은 못하다. 그러나 이미 저질러진 일이니 어찌하겠느냐. 잘 숨겨 두어라. 너희 오라비들이 해코지를 할까 두렵다."

그러고는 김현을 깊숙한 곳에 숨겨 주었다. 얼마나 지났을까, 커다란 범 세 마리가 으르렁거리며 들어오더니 마당을 서성이며 두리번거렸다. 그 가운데 한 마리가 사람처럼 말했다.

"집 안에서 비린내가 난다. 요기하기 좋겠다."

그러자 늙은 여인이 앞으로 나서며 꾸짖었다.

"너희 코가 이상하구나. 무슨 미치광이 같은 소리를 하느냐?"

바로 이때 하늘에서 큰 소리가 들려왔다.

"너희가 목숨을 빼앗는 일을 즐겨 자주 저질렀으니 마땅히 한 놈을 베어 그 죄악을 가르칠 것이다."

범 세 마리가 모두 이 소리를 듣고 두려워 어쩔 줄 몰라 하자 처녀가 나서서 말했다.

"오라버니들이 될 수 있는 대로 멀리 달아나 스스로 마음을 고쳐먹는다면 제가 대신해 벌을 받겠습니다."

그러자 범 세 마리가 모두 좋아하며 고개를 숙이더니 꼬리를 흔들

• **해코지** 남을 해치고자 하는 짓.

면서 달아나 버렸다. 처녀는 김현이 숨어 있는 곳으로 들어와서 조용히 말했다.

"처음엔 저희 집을 부끄럽게 여겨 낭군님이 오신다는 것을 거절했습니다. 그러나 이제는 감히 마음속 말씀을 숨김없이 드리고자 합니다. 저와 낭군님은 비록 부류가 다르지만 하룻저녁을 사랑으로 깊이 뫼셨습니다. 저에게 그 뜻은 부부로 맺은 인연보다도 더 무겁습니다. 하늘이 이미 세 오라비의 죄악을 알고 미워하시니 저희 집안의 재앙은 제가 혼자 맡으려 합니다.

다른 사람의 손에 죽기는 싫습니다. 낭군님의 칼날 앞에 엎드려 죽어 은혜에 보답하게 해 주십시오. 제가 내일 장터에 들어가 몹시 소란을 피우면 온 나라 사람들이 저를 어찌하지 못할 것입니다. 임금님이 반드시 높은 벼슬을 걸어 놓고 저를 잡으라 할 것이니, 낭군님은 그때 겁내지 마시고 저를 쫓아서 성안 수풀 속으로 오십시오. 제가 거기서 기다리겠습니다."

이 말을 듣고 김현이 말했다.

"사람이 사람과 사귀는 일은 인륜의 길이다. 그러나 사람이 짐승과 서로 사귀는 일은 보통 일이 아니다. 우리가 이렇게 만난 것은 참으로 하늘이 도운 일이다. 내가 어찌 배필의 죽음을 팔아 벼슬을 얻고 삶의 영화를 구하겠느냐."

그러자 처녀가 다시 말했다.

"그런 말씀 하지 마십시오. 지금 제가 죽는 것은 하늘의 명이요 저의 소원입니다. 게다가 낭군님은 저희 집안의 경사이자 복입니다. 그

뿐 아니라 온 나라 사람들의 기쁨입니다. 저 하나가 죽으면 다섯 가지 좋은 일을 얻을 수 있는데 어떻게 듣지 않을 수가 있겠습니까? 다만 낭군님께서 저를 위해 절을 세우고 불경을 가르쳐서 좋은 보답을 쌓아 주신다면 그보다 더 큰 은혜는 없을 것입니다."

이런 말을 하면서 둘은 서로 울다가 밤이 깊어 헤어졌다.

이튿날 과연 큰 범이 성안에 들어와 행패를 부렸는데 감히 당할 수가 없었다. 원성임금은 소식을 듣고 범을 잡는 사람에게 이급의 벼슬을 준다는 영을 내렸다. 김현이 임금 앞에 나아가 반드시 범을 잡겠다고 했더니 임금은 벼슬부터 먼저 내리며 격려해 주었다.

김현이 칼 한 자루를 손에 잡고 수풀 속으로 들어가니 범은 이미 처녀로 탈바꿈해 기다리고 있었다. 처녀는 김현을 보자 반갑게 웃으며 말했다.

"어젯밤에 낭군께 드린 말씀을 잊지 마십시오. 그리고 오늘 제 발톱에 상처를 입은 사람들에겐 모두 흥륜사의 장을 발라 주고 절의 나팔 소리를 들려주십시오. 그러면 나을 것입니다."

그러더니 처녀는 느닷없이 김현이 들고 있는 칼을 빼앗아 제 목을 찔렀다. 넘어진 처녀는 곧장 범으로 모습이 바뀌었다. 김현은 수풀 속에서 나와 범을 잡았다고 큰 소리로 외치고는 그 사연을 감추고 말하지 않았다. 다만 처녀가 가르쳐 준 대로 다친 사람들을 치료했는데, 모두 상처가 다 나았다. 요즘에도 사람들은 그 치료법을 쓰고 있다.

김현은 벼슬에 올라 서천 가에 절을 짓고 호원사(범의 바람으로 세운 절)라 이름 붙였다. 또한 불경을 가르치고 범의 명복을 빌면서 처녀가 목숨 바쳐 베풀어 준 은혜를 갚고자 했다. 김현은 죽음에 다가설수록 지난 일의 기이함을 더욱 깊이 느껴 이 이야기를 붓으로 적어 남겼다. 세상 사람들이 이 글을 보고는 〈논호림〉이라 이름 붙여 지금까지 일컬어 온다.

– 《삼국유사》 권 다섯, 〈감통〉 일곱, 김현 감호

• 논호림 '범의 숲을 이야기하다.'라는 뜻이다.

여섯··· 충신 이야기

너물임금과
충신 김제상

신라 열일곱째 임금인 내물임금이 자리에 오르고 서른여섯 해 되던 경인년(390)이었다. 일본 임금이 사신을 보내 내물임금에게 인사를 올리면서 말했다.

"높고 거룩하신 큰임금님께 백제의 잘못을 아뢰옵니다. 큰임금께서는 왕자 한 사람을 저희에게 보내 성의를 보여 주소서."

이에 내물임금은 셋째 아들 미해를 일본으로 보냈다. 미해는 겨우 열 살이라 말솜씨나 몸가짐을 아직 갖추지 못했기 때문에 임금은 궁중의 신하 박사람을 부사로 삼아 함께 보냈다. 일본 임금은 이들을 붙잡아 두고는 삼십 년 동안 돌려보내지 않았다.

눌지임금이 자리에 오르고 세 해 되던 기미년(419)에는 고구려의 장수왕금이 사신을 보내 인사를 올리면서 말했다.

"큰임금의 아우이신 보해가 슬기롭고 재주가 뛰어나다는 소문을 들었습니다. 서로 친해지고 싶으니 허락해 주십시오."

눌지임금이 이를 듣고 매우 기쁘게 여겨 고구려와 화친을 맺고 아우 보해를 고구려로 보냈다. 또한 보좌로 궁중의 신하 김무알을 함께 보냈다. 그런데 고구려 장수임금도 이들을 붙들어 놓고 돌려보내지 않았다.

눌지임금이 자리에 오르고 열 해가 되던 을축년(425)의 일이다. 임금이 여러 신하와 나라의 호걸 들을 모두 불러서 몸소 잔치를 베풀었다. 술잔이 세 차례 돌자 음악과 놀이가 어우러졌는데, 임금이 눈물을 흘리며 신하들에게 말했다.

"지난날 아버지께서 마음을 다해 백성을 걱정하신 나머지 사랑하는 아들을 일본에 보냈다가 다시 보지 못하고 돌아가셨다. 나 또한 임금이 되었을 때 이웃 나라 백제의 군대가 몹시 강성해 싸움이 그치지 않고 있었다. 마침 고구려가 화친을 청하기에 이를 믿고 아우를 보냈는데, 그 또한 붙잡혀 돌아오지 못하고 있다. 내가 비록 부귀를 누리지만 아우들을 잊을 수가 없어, 울지 않는 날이 하루도 없다. 만일 두 아우를 다시 만나 함께 아버지 사당에 서서 빌 수 있게 해 준다면 백성에게 은혜를 갚을 것이다. 누가 이 바람을 이루어 줄 수 없겠는가?"

이에 여러 신하가 입을 모아 아뢰었다.

"참으로 어려운 일이어서 반드시 슬기와 용기를 겸한 사람이라야 해낼 수 있을 것입니다. 저희 생각에는 삽라군의 태수인 김제상이 좋을 듯합니다."

임금이 제상을 불러들여 물었더니 그가 두 번 절하고 아뢰었다.

"임금이 근심하면 신하는 욕되고, 임금이 욕되면 신하는 죽는다 했습니다. 어려운 일인지 쉬운 일인지를 헤아려서 한다면 불충이며, 죽을 것인가 살 수 있을 것인가를 생각하여 움직인다면 비겁합니다. 제가 비록 보잘것없지만 임금님 말씀을 받들어 힘써 보겠습니다."

임금은 아주 기뻐하며 제상과 술잔을 나누어 마시고 그의 손을 잡고는 작별하며 보냈다.

제상은 임금의 말씀을 받들어 곧장 북쪽으로 길을 잡았으며, 옷을 바꾸어 입고 고구려에 들어갔다. 그는 보해가 있는 곳을 찾아가서 함께 도망할 날짜를 약속했다. 그리고 오월 보름이 되자 먼저 강원도 고성 바닷가에 와서 기다렸다.

보해는 제상과 약속한 날이 가까워지자 아프다는 핑계를 대고 조회에 나가지 않았다. 그러고는 밤중에 도망쳐서 고성 바닷가에 이르렀다. 고구려 임금이 이를 알고는 수십 명을 시켜 뒤쫓아 고성에 이르렀다.

보해는 고구려에 있는 동안 늘 가까이 지내는 사람들에게 은혜를 베풀었다. 이에 군사들이 그를 불쌍히 여겨 모두 화살촉을 뽑고 활을 쏘았다. 결국 두 사람은 살아서 돌아올 수 있었다.

● **삽라군**(歃羅郡) 지금 경남의 양산이다.
● **김제상**(金堤上) 박제상(朴堤上)의 잘못이다. 학자들이 여러 기록을 두루 살펴 《삼국유사》를 쓴 일연스님의 착오임을 밝혔다. 그러나 여기서는 《삼국유사》에 실린 이야기를 다루는 까닭에 바로잡지 않고 그대로 썼다.

눌지임금은 아우 보해를 만난 뒤 미해 생각이 더욱 간절해졌다. 마음 한쪽은 기뻤지만 다른 한쪽으로는 슬퍼 눈물을 흘리며 곁에 있는 사람들에게 말했다.

"마치 한 몸에 한쪽 팔만 있고 한 얼굴에 한쪽 눈만 있는 것 같구나. 비록 하나는 얻었으나 또 하나가 없으니 어찌 슬프지 않겠는가!"

제상이 이 말을 듣고 다시 임금께 두 번 절하며 하직했다. 그런 다음 집에는 들르지도 않은 채 말을 타고 율포(밤개) 바닷가에 이르렀다. 제상의 아내가 소식을 듣고 말을 달려 쫓아왔으나 남편은 이미 배에 오른 뒤였다. 아내가 간절히 불렀으나 제상은 다만 손을 흔들어 줄 뿐 배를 멈추지 않고 곧장 일본으로 건너갔다.

제상은 사람들에게 신라의 임금이 자신의 아버지와 형을 아무 죄도 없이 죽인 까닭에 도망쳐 일본으로 왔다고 거짓말을 퍼뜨렸다. 일본 임금이 그 말을 믿고 제상에게 집을 주어 편안히 살게 해 주었다. 제상은 미해와 함께 자주 바닷가에 나가서 놀며 물고기와 새를 잡아 일본 임금에게 바쳤고, 임금은 매우 기뻐하며 이들을 의심하지 않았다. 마침 새벽안개가 깊이 낀 날이 있어 제상이 미해에게 말했다.

"오늘이 바로 도망칠 날입니다."

"그렇다면 함께 달아납시다."

미해가 반가워하며 말하자 제상이 대답했다.

"저까지 함께 가면 일본 사람들이 곧장 알고 쫓아올 것입니다. 저는 여기 머물러 쫓아가지 못하도록 막겠습니다."

"그대와 나는 피를 나눈 형제와 다를 바가 없는데, 어찌 그대를 버리고 나만 홀로 갈 수 있겠습니까?"

미해가 함께 가자고 우기자 다시 제상이 대답했다.

"저는 신하로서 어른의 목숨을 건져 큰임금님의 마음을 위로할 수 있다면 그것으로 족합니다. 어찌 살아남기를 바라겠습니까?"

제상은 작별의 뜻으로 술을 따라서 미해에게 올렸다. 그리고는 일본에 살고 있던 강구려라는 신라 사람에게 미해를 모시고 가도록 했다.

제상은 미해의 방에 들어가 이튿날 아침까지 머물러 있었다. 아침이 되어 미해를 모시던 일본 사람들이 방에 들어오려 하자 제상이 나와서 둘러댔다.

"어른께서 어제 사냥에 나갔다가 몸살을 얻어 지금 일어나지 못하겠다고 하십니다."

한낮이 지나자 일본 사람들이 이상히 여겨 또다시 물었다. 제상이 더는 둘러댈 수가 없어 사실을 털어놓았다.

"우리 어른은 신라로 돌아가신 지가 이미 오래됐소."

이들이 놀라 임금께 알리니 일본 임금은 말 탄 병사들을 시켜 미해를 뒤쫓았다. 하지만 이미 너무 늦어 찾을 수가 없었다. 이에 일본 임금은 제상을 잡아 가두고 물었다.

"네가 어찌 왕자를 몰래 보냈느냐?"

"나는 신라의 신하지 일본의 신하가 아니다. 오직 우리 임금님의 뜻을 이루려고 했을 뿐이니 그대에게 다시 무엇을 말하겠는가?"

그러자 일본 임금이 성을 내고 호통을 쳤다.

"네 이미 나의 신하가 되기로 했거늘 이제 와서 신라의 신하라 하는

구나. 정녕 그렇다면 다섯 가지 형벌을 내리겠다. 만일 이제라도 일본의 신하라고 다짐한다면 상으로 높은 벼슬을 주겠다."

"차라리 신라의 개, 돼지가 될지언정 일본의 신하는 되고 싶지 않으며, 차라리 신라의 형벌을 받을지언정 일본의 벼슬 따위는 받고 싶지 않다."

제상이 대답하자 일본 임금이 크게 노해 제상의 다리 가죽을 벗기고, 맨발로 갈대 위를 걷게 하며 물었다.

"네가 어느 나라의 신하냐?"

"신라의 신하다."

이번에는 불에다 달군 뜨거운 쇠판 위에 세워 놓고 다시 물었다.

"네가 어느 나라 신하냐?"

"신라의 신하다."

일본 임금은 제상의 뜻을 꺾을 수 없다는 것을 알고 목도(나무섬)라는 곳에서 그를 불태워 죽였다.

한편 미해는 바다를 건너자마자 강구려를 먼저 대궐로 보내 알렸다. 임금이 소식을 듣고는 놀랍고도 반가워 모든 벼슬아치를 굴헐역에 내보내 미해를 맞이했다. 자신도 아우 보해와 더불어 남녘 벌판으로 나갔다. 대궐로 돌아와서는 잔치를 크게 베풀고, 온 나라의 죄인을 풀어 주었다. 또한 제상의 아내를 국대부인(나라의 큰 어머니)으로 책봉하고, 그의 딸을 미해의 아내로 삼았다.

처음 제상이 일본으로 떠나갈 때 그의 아내가 소식을 듣고 쫓아가다가 미치지 못하고 망덕사 남쪽 모래밭에 이르렀다. 거기서 넘어져 아내가 길게 울부짖었다 해서 그 모래밭을 장사(긴 모래)라 불렀다. 친척 두 사람이 부인을 일으켜 부축해 집으로 돌아오려 했으나 다리를 뻗고 앉아서 일어나지 못했다 하여 그 땅을 벌지지(벌지 마루)라 했다.

　세월이 흘러도 부인은 남편을 그리며 견디지 못하다가 세 딸을 데리고 치술령에 올라갔다. 거기서 일본을 바라보고 통곡하다가 죽으니, 마침내 치술령 마고할미가 되었다. 지금도 치술령에는 그의 당집이 있다.

－《삼국유사》 권 하나, 〈기이〉 하나, 내물왕 김제상

● **마고할미** 아득히 먼 예로부터 우리 거레가 믿어온 기인 여성 서낭이다.

김유신과 세 산신령

김유신은 진평임금이 자리에 오른 뒤 열일곱 해가 지난 을묘년(595)에 태어났다. 그는 하늘에 있는 일곱 빛의 정기를 타고 태어나 등에 일곱 개의 별무늬가 있었고, 신비로운 일도 많았다. 일찍이 칼 솜씨를 닦아 열여덟 살이 되던 임신년(612)에는 화랑이 됐다.

김유신의 무리에 백석(흰 돌)이라는 이가 들어와 여러 해 동안 있었는데, 어디서 온 사람인지 아무도 몰랐다. 화랑이 된 김유신이 고구려, 백제 두 나라를 치려고 밤낮으로 깊이 꾀하고 있을 때의 일이다. 백석이 이를 알고 찾아와 자기와 함께 먼저 적국에 들어가 살펴본 다음에 공격을 꾀하는 것이 어떠냐고 청했다. 김유신은 기뻐하며 몸소 백석을 데리고 밤을 이용해 떠났다.

어느 고갯마루에서 조금 쉬고 있는데, 여인 둘이 나타나더니 줄곧

그들을 따라왔다. 골화천에 이르자 밤이 되어 잠을 청하려 하는데 갑자기 한 여자가 또 나타났다. 김유신은 세 여인과 더불어 기쁘게 이야기를 나누었다. 그는 여인들이 내놓은 아름다운 과자도 받아먹으며 마음으로 서로를 깊이 사귀었다. 여인들이 말했다.

"화랑의 말씀은 이미 잘 알았습니다. 잠깐 백석을 떼어 놓고 우리와 함께 수풀 속으로 들어가 주시면 더욱 깊은 말씀을 드리겠습니다."

김유신이 이들의 말대로 함께 수풀 속으로 들어가자 여인들이 문득 귀신으로 탈바꿈해 말했다.

"우리는 나림, 혈례, 골화의 호국 산신들입니다. 지금 적국 사람이 화랑을 속여서 데려가고 있습니다. 그런 줄도 모르고 따라가고 계셔서 우리가 알려 드리려고 이곳까지 온 것입니다."

말을 마치자마자 세 여인은 사라졌다. 김유신은 이 말을 듣고 놀라 쓰러지면서 두 차례 절을 하고는 수풀에서 나와 골화관으로 들어갔다. 그리고 백석에게 가서 적국에 지니고 가야 할 긴요한 문서를 놓고 왔으니 다시 함께 집으로 돌아가자고 말했다.

함께 집으로 돌아오자마자 김유신은 백석을 묶어 놓고 어떻게 된 일이냐고 물었다.

"나는 본디 고구려 사람이다. 우리나라의 여러 신하가 말하기를 신라 김유신은 고구려 점쟁이 추남이 죽었다가 다시 태어난 사람이라 했다. 일찍이 고구려 국경 가까이에 거꾸로 흐르는 물이 있어서 점쟁이 추남에게 점을 치게 한 적이 있었다. 추남은 큰임금의 부인이 음양의 길을 거슬러 이러한 조짐이 나타난 것이라고 아뢰었다.

큰임금은 놀라며 괴이하게 여겼으나, 왕비는 크게 노하며 요망한 여우의 말이라 했다. 그리고 다른 일로 시험하여 추남이 맞추지 못하면 마땅히 무거운 벌로 다스리겠다고 했다. 왕비는 쥐 한 마리를 상자 속에 감추고는 무엇이냐고 추남에게 물었다. 추남은 틀림없는 쥐지만 한 마리가 아니라 여덟 마리라고 대답했다. 그러자 왕비는 틀렸다 하여 추남을 죽이려 했다. 추남은 죽은 뒤에 대장이 되어 반드시 고구려를 없애 버리겠다고 맹세했다.

곧장 추남의 목을 베어 죽이고 쥐의 배를 갈라 보니 새끼 일곱 마리가 들어 있었다. 그제야 추남의 말이 맞았음을 알았던 것이다. 그날 밤 큰임금의 꿈에 추남이 나타나 신라 서현공 부인의 품속으로 들어간다고 했다. 여러 신하에게 꿈 이야기를 했더니 모두 추남이 죽기 전에 맹세한 대로 이루어진 것이라 했다. 그래서 나를 보내 이런 일을 꾀하도록 한 것이다."

백석의 말을 듣고 난 김유신은 그를 처벌한 다음, 갖은 음식을 갖추어 세 산신께 제사를 올렸다. 그러자 모두 나타나서 기꺼이 제사를 받았다.

— 《삼국유사》 권 하나, 〈기이〉 하나, 김유신

재상과
시골 벼슬아치의 만남

문무임금이 하루는 배다른 아우 차득공을 불러 말했다.

"네가 재상이 되어 모든 벼슬아치를 고루 다스리고 온 나라를 태평하도록 하라."

이 말을 듣고 차득공이 아뢰었다.

"임금께서 만일 저더러 재상이 되라 하신다면 먼저 제가 나라 안을 몰래 다니도록 해 주십시오. 백성들이 살아가며 얼마나 힘든 일을 하는지, 세금은 가벼운지 무거운지, 벼슬아치들의 삶은 맑은지 흐린지 살펴본 다음 벼슬자리로 나아가게 해 주십시오."

임금이 그의 말을 좇아 허락했다.

차득공은 중의 옷을 입고 비파를 들고는, 믿음 깊은 불교 신자처럼 꾸며서 서라벌을 나섰다. 아슬라 고을, 우수 고을, 북원 고을을 지나 무진 고을에 이르러 시골 마을을 돌아다니는데, 무진 고을의 벼슬아치 안길이 차득공을 보고는 보통 사람이 아님을 알아챘다. 안길은 차득공을 자기 집으로 맞이하여 극진히 모셨다. 밤이 되자 안길이 세 아내를 불러 모아 놓고 말했다.

"오늘 밤에 귀한 손님을 모시고 자는 사람은 앞으로 내가 죽을 때까지 버리지 않고 함께 살겠다."

하지만 두 아내는 입을 모았다.

"차라리 당신과 같이 살지 못할지언정 어찌 남의 남자와 한자리에 들어 잘 수가 있겠습니까?"

그런데 한 아내는 가만히 있다가 말했다.

"만일 당신이 죽을 때까지 저를 버리지 않고 함께 사신다면 시키시는 대로 따르겠습니다."

이렇게 해서 차득공과 안길의 아내가 함께 밤을 지냈다. 이튿날 아침 일찍 손님이 작별 인사를 나누면서 말했다.

"나는 서라벌 사람인데, 우리 집은 황룡사와 황성사 사이에 있고, 내 이름은 수리(단오)입니다. 혹시라도 서라벌에 오는 걸음이 있으면 우리 집을 찾아 주십시오."

차득공은 서라벌로 돌아와서 마침내 재상이 됐다.

그때 나라에 고을 토박이 벼슬아치들을 서라벌로 보내서 관청을 지키게 하는 제도가 있었다. 마침 무진 고을에서는 안길의 차례가 되어 그가 서라벌로 올라왔다.

안길이 두 절 사이에 있다는 수리 거사의 집을 찾았으나 안다는 사람이 아무도 없었다. 그가 실망하여 길가에서 오랫동안 서성거리고 있을

---

* 수리 요즘 말로 '수레'다. 향찰로 '車衣'라 적었다.

때 지나가던 한 늙은이가 그의 말을 듣고는 한참 생각하더니 말했다.

"두 절 사이에 있는 집은 대궐이요, 수리는 곧 차득 영공이십니다. 그분이 일찍이 바깥으로 몰래 다니실 적에 그대와 어떤 인연을 맺어 약속을 하셨나 싶네요."

안길은 늙은이에게 전에 있었던 일을 모두 이야기해 주었다. 그러자 늙은이가 말했다.

"왕궁 서쪽에 있는 귀정문으로 가서 그리로 드나드는 궁녀를 기다렸다가 말씀을 드려 보시오."

안길이 늙은이의 말대로 귀정문에서 궁녀에게 알렸다.

"무진 고을 안길이 차득 영공을 뵈러 왔습니다."

차득공이 이를 듣고 쫓아 나와 안길의 두 손을 부여잡고 궁궐 안으로 들어갔다. 차득공이 부인을 불러 함께 잔치를 열었는데, 음식이 쉰 가지나 되었다.

이 이야기를 임금께 아뢰었더니 임금께서 성부산 아래 땅을 내렸다. 무진 고을에서 올라와 관청을 지키는 벼슬아치의 땔나무 밭을 마련해 준 것이다. 나라에서 이 땅의 나무를 함부로 베지 못하게 하므로 아무도 감히 가까이하지 못하고 온 나라 사람이 너나없이 부러워했다.

뫼 아래 밭은 서른 마지기로 씨앗 석 섬을 뿌리는 곳인데, 이 밭에서 농사가 잘 되면 무진 고을에서도 풍년이 들고, 이 밭에 농사가 못되면 무진 고을에서도 흉년이 들었다 한다.

– 《삼국유사》 권 둘, 〈기이〉 둘, 문무왕 법민

어지러운 시대에 이룬 빛나는 업적

일연이 살았던 13세기 고려는 여러 겹의 소용돌이가 크게 일어나던 시대였습니다. 첫째 소용돌이는 왕건을 도와 새 나라를 세운 무인과 신라 출신의 문벌 사이에서 빚어졌지요. 이 소용돌이에서 지배층이 신라 문벌에서 무인으로 뒤집히자 천대와 가난에 시달리던 백성을 일깨워 반세기에 걸쳐 일어난 눈물겨운 인권 투쟁이 둘째 소용돌이지요. 게다가 무인 정권의 서투른 외교력이 동서양을 휘젓던 몽골의 침략에 무너지면서 반세기에 걸쳐 나라를 쑥대밭으로 만든 것이 셋째 소용돌이입니다. 이와 같이 잇따른 사회적인 소용돌이 속에서 삶의 가늠쇠인 사상의 소용돌이도 소리 없이 일어났습니다.

불교와 유교 사이의 소리 없는 싸움

고려를 세운 태조는 후손에게 내린 열 가지 가르침 중 첫째와 둘째로 불교를 일으키고 올바로 가꾸라는 것을 들었습니다. 고려도 신라에 못지않은 부처의 나라였던 것이지요. 그러나 넷째 임금 광종이 과거 제도를 만들고 여섯째 임금 성종이 국자감을 세우면서 유교의 가르침을 배운 사람이 벼슬자리를 차지하자 불교와 유교 사이에 소리 없는 싸움이 일어났습니다.

성종 때 최승로를 비롯한 학자들이 불교를 바로잡아야 한다는 목소리를 높였고, 태자(의천)를 불교에 바친 문종도 승려의 삶을 바로잡으라는 조칙을 내렸습니다. 최충이 구재학당이라는 사립학교까지 세워 유교의 기세가 드세질 즈음에 무인 정권이 일어나 싸움은 우선 가라앉았습니다. 하지만 뒷날 다시 두 사상의 대립이 극심해지면서 유교가 불교를 누르고 조선을 세우는 지렛대 노릇을 했습니다.

시대의 빛이 된 일연 시대의 승려들

겹겹의 소용돌이가 잇달았던 13세기에 불교 안에서도 커다란 물줄기가 뒤집어졌습니다. 11세기까지 고려의 불교는 원효와 의상을 기둥으로 삼아 불경 공부에 과녁을 두는 교종이 주를 이루었습니다. 그러나 왕실과 귀족의 입맛에 맞추어 그들을 등에 업고 세속의 이익을 좇던 교종은 권력을 휘두르면서 스스로 굴러떨어졌습니다. 이런 상황에서도 시대의 빛이 된 일연 시대의 승려들을 만나 보겠습니다.

대각국사 의천(순천 선암사 소장)

의천(義天, 1055~1101)

문종의 넷째 아들로 태어났으나 열한 살에 출가하여 승려가 되었다. 그는 불교는 물론 유교 경전도 부지런히 공부하고, 중국 송나라로 건너가 내로라하는 승려와 학자를 만나 토론하고 돌아왔다. 그러고는 교종과 선종을 아우르고 유교의 가르침도 받아들이며 나라를 튼튼히 세우려는 마음으로 천태종을 열었다.

지눌(知訥, 1158~1210)

구산선문의 하나인 사굴산문에서 일어선 지눌은 재물과 권력에 얽매여 허덕이는 불교를 꿰뚫어 본 뒤, 올바른 길로 손잡고 걸어갈 사람을 모아 고요히 참선하고 부지런히 불경을 읽으며 땀 흘려 일하는 가르침을 일으켰다. 정혜결사(수선사결사)라는 이 모임은 13세기에 전남 순천 송광사에서 120일 법회를 열며 크게 바람을 일으켰다. 그리고 혜심과 충지로 이어지면서 더욱 무르익어 오늘날 한국 조계종의 터전을 열었다.

보조국사 지눌(대구 동화사 소장)

요세(了世, 1163~1245)

의천의 천태종에서 일어선 요세는 전남 강진 만덕사에서 백련결사를 일으켰다. 이들은 천태종의 법화 사상을 바탕으로 참회법과 정토 신앙을 삶으로 살아 내고자 했으므로, 지식인을 중심으로 하는 정혜결사와는 달리 지방에서 가난에 시달리는 백성에게 큰 등불이 되었다.

혜영(惠永, 1228~1294)

결사 운동을 하지 않았지만 당시의 가장 두드러진 승려로 꼽을 수 있다. 혜영은 경북 문경에서 태어난 유가(법상)종 승려로 화엄 사상을 깊이 밝혀 고리뿐 아니라 원나라에서도 널리 존경받은 고승이었다.

팔만대장경, 불교 문화의 금자탑을 이루다

겹겹의 소용돌이 가운데서도 13세기 고려 불교는 천추에 빛나는 업적을 이루었습니다. 빈틈없는 속살과 아름다운 모습을 갖춘 팔만천여 판의 재조대장경을 조성한 것입니다. 거란 침략에 맞서며 일흔여섯 해의 피땀으로 일군 초조대장경이 몽골의 침략으로 불타 버리자, 최씨 정권은 새로운 대장경을 새기리라는 뜻을 세우고 조판 비용을 스스로 감당하며 총력을 기울였습니다.

왕족부터 지방 군현의 백성까지 참여했고, 차갑게 따돌림을 받던 화엄 교종이 주관하며 개태사 주지였던 수기법사가 교정 책임을 맡았습니다. 수기법사는 의상과 균여를 이은 화엄종의 승려이지만, 모든 종파의 불경을 남김없이 찾아 모으고 고려뿐 아니라 송나라, 요나라 불경을 모두 찾아 한 자 한 자 바로잡았습니다. 그 결과 동양의 스무남은

해인사 팔만대장경 경판고

대장경 가운데 질과 양으로 으뜸인 대장경이 탄생했습니다. 이처럼 모든 백성이 힘을 모으고 종파를 뛰어넘은 불교의 단합으로 열여섯 해 만에 겨레의 능력을 남김없이 드러낸 불교 문화의 금자탑을 이루었습니다.

일곱 ··· 스님 이야기

자라에게 여의주 얻은 묘정

원성임금이 자리에 오른 지 열한 해째인 을해년(795)에 당나라 사신이
서라벌에 왔다가 한 달을 머물고는 돌아갔다. 그들이 떠나고 하루가
지나자 두 여인이 대궐 안뜰로 들어와서 임금께 아뢰었다.

"저희는 동지(새 못)와 청지(파랑 못)에 사는 두 미르의 아내들입니다.
당나라 사신이 하서국 사람 둘을 거느리고 와서 주술을 부려 저희 지
아비 둘과 분황사 우물 미르까지 세 미르를 작은 물고기로 탈바꿈시
킨 뒤에 통에 넣어 갔습니다. 바라옵건대 임금님께서 두 사람을 타일
러 나라 지키는 저희 지아비 미르들을 놓아주게 해 주십시오."

이 말을 듣고는 임금이 하양관까지 쫓아가서 잔치를 열어 주며 하서

⁂ 하서국 황하 서쪽에 있는 나라, 곧 디베트 거래의 니리다.

국 사람을 타일러 말했다.

"너희가 어쩌자고 우리나라 세 미르를 붙들어 여기까지 왔느냐? 바른대로 말하지 않으면 절대 살려 보내지 않을 것이다."

그러자 하서국 사람이 물고기 세 마리를 임금께 바쳤다. 임금이 각각 세 곳에 놓아주니 저마다 물을 박차고 한 길이 넘을 만큼 용솟음치면서 기뻐 뛰며 사라졌다. 당나라 사람들이 임금의 밝고 거룩함에 머리를 숙였다.

임금이 하루는 황룡사 스님 지해를 궁궐로 모셔서 쉰 날 동안 《화엄경》을 읽어 달라고 청했다. 스님을 모시는 사미 묘정은 늘 금광 우물가에서 바리때를 씻었는데, 자라 한 마리가 우물 가운데서 떠올랐다가 가라앉았다가 했다. 사미는 그럴 때마다 자라에게 남은 음식을 먹이며 함께 놀았다. 공부가 끝나 갈 무렵이 되자 사미가 자라에게 말을 던졌다.

"너에게 제법 오랫동안 사랑을 베풀었는데 너는 무엇으로 갚겠느냐?"

며칠이 지난 뒤에 자라가 나타나더니 마치 선물을 주듯 조그마한 구슬 하나를 입에서 뱉어 냈다. 사미는 그 구슬을 받아서 허리띠 끝에 묶어 두었다. 그런 다음부터 임금이 사미를 보면 몹시 좋아하며 내전에 데려다 놓고 곁을 떠나지 못하게 했다. 또한 당나라 사신으로 가게 된 잡간 한 사람도 사미를 사랑해 함께 데려가게 해 달라고 청했다. 임금은 잡간에게 그리하라고 허락했다.

사신을 따라 사미 묘정도 함께 당나라로 들어갔는데, 당나라 황제 또한 사미를 보더니 무척 좋아했다. 승상을 비롯해 황제 가까이 있는 사람들이 모두 사미를 우러르며 믿었다. 이에 관상 보는 사람이 황제에게 아뢰었다.

"사미를 잘 살펴보십시오. 좋은 상이 한 군데도 없는데 사람들의 믿음과 존경을 받습니다. 반드시 이상한 물건을 갖고 있을 것입니다."

황제가 사람을 시켜 샅샅이 찾아보니 허리띠 끝에 조그마한 구슬 하나가 있었다. 이를 보고 황제가 말했다.

"나에게 본디 여의주 네 개가 있었는데 지난해에 하나를 잃어버렸다. 이 구슬이 바로 내가 잃어버린 구슬이다."

사미는 황제에게 그간 있었던 일을 고스란히 일러 주었다. 이야기를 들어 보니 황제가 여의주를 잃어버린 그날이 사미가 구슬을 얻은 바로 그날이었다. 황제는 여의주만 남겨 두고 사미는 보내 주었다. 그 뒤로는 사미 묘정을 믿고 사랑하는 사람이 아무도 없었다.

－《삼국유사》 권 둘, 〈기이〉 둘, 원성대왕

* **화엄경(華嚴經)** 석가모니가 성도한 깨달음의 내용을 그대로 설법한 경문.
* **사미(沙彌)** 수행하는 어린 남자 승려.
* **바리때** 절에서 승려가 공양(식사)할 때 쓰는 나무로 만든 밥그릇. 흔히 '발우(鉢盂)'라 한다.
* **잡간(迊干)** 신라 때에 둔, 십칠 관등 가운데 셋째 등급.

꿈속에서
한세상 살아 보니

옛날 신라 때 세달사라는 절이 있었는데, 그 절의 논밭이 강원도 명주 날리군에 있었다. 세달사에서는 중 조신을 논밭 관리하는 사람으로 뽑아 보냈다. 명주에 간 조신은 태수 김흔의 딸을 좋아하게 되었는데, 끝내는 사랑에 깊이 빠져 버렸다. 그는 여러 차례 낙산사 부처님 앞에 가서 그녀와 사랑을 이루게 해 달라고 남몰래 빌었다.

그런데 몇 해 지나 그 처녀가 시집을 가 버렸다. 조신은 낙산사 부처님 앞에 다시 가서 엎드려 소원을 이루어 주지 않았다고 원망했다. 날이 저물도록 슬피 울던 그는 그리움에 지쳐 깜박 졸음에 빠졌다. 그런데 갑자기 꿈에 김씨 처녀가 나타나더니 문으로 들어와 반가이 웃으며 말했다.

"일찍이 낭군님의 얼굴을 보고 마음으로 사랑하며 잠시도 잊지 못했습니다. 그러나 어버이 명을 거스르지 못해 억지로 다른 사람을 쫓아갔다가, 이제야 낭군님과 짝이 되어 함께 살고 싶어 이렇게 찾아왔습니다."

조신이 몹시 반가워하며 둘이 함께 고향으로 돌아갔다.

조신과 처녀는 마흔 해 넘게 살면서 아들딸 다섯을 두었다. 그러나 집이라곤 네 벽뿐이고 거친 끼니조차 잇지 못했다. 조신의 가족은 빈손으로 서로를 이끌고 사방으로 다니면서 입에 풀칠을 했다. 십 년을 이렇게 산천을 두루 떠돌자 옷이 해어져 몸을 가릴 수도 없었다.

명주 해현령을 지나다가는 열다섯 살 된 큰아들이 끝내 굶주림을 이기지 못해 죽었다. 부부는 통곡하며 아들을 길가에 묻고 나머지 네 아이들을 데리고 우곡현에 이르러 길가에 띠집을 짓고 살았다.

부부가 모두 늙고 병들고 굶주려 일어나지 못하게 되자 열 살 난 딸아이가 두루 빌어다 가족을 먹였다. 어느 날 그 아이마저 마을 개에게 물려서 부모 앞에 누워 아픔에 부르짖자 부부는 탄식하며 눈물을 흘렸다. 한참 만에 부인이 눈물을 씻으며 말을 꺼냈다.

"처음 낭군을 만났을 때는 아름답고 젊었을 뿐 아니라 의복도 많고 깨끗했습니다. 맛난 음식도 나누어 먹고 따뜻한 이불도 함께 덮었지요. 쉰 해 동안 이를 데 없이 정답고 그지없이 사랑하여 두터운 인연이라 여겼습니다.

• **띠집** 지붕을 띠로 인 집. 띠는 볏과에 딸린 여러해살이풀로 뫼와 들에 무더기로 자라는데, 뿌리줄기(백모 근)는 이뇨, 지혈, 발한제로 쓰이고, 어린 꽃이삭은 '삘기'라 하여 아이들이 뽑아 먹는다.

그런데 요즘에 와서 늙음과 병듦이 날로 더하고, 가난과 추위에 갈수록 괴롭습니다. 사람들은 곁방 한 칸, 기름 한 종지 나누어 주지 않고, 뭇 사람의 비웃음은 태산처럼 무겁습니다. 아이들이 배고픔에서 벗어날 길이 없으니 어느 틈에 사랑을 느껴 가시버시의 즐거움을 누리겠습니까? 아리따운 얼굴과 꽃다운 웃음은 풀잎의 이슬이요, 난초 같은 약속은 바람에 흩날리는 버들꽃이 되었습니다.

나는 그대의 짐이 되고 그대는 나의 근심이 되었습니다. 곰곰이 생각해 보면 옛날의 기쁨이 바로 우환의 섬돌이었습니다. 낭군님과 나는 어찌하여 이런 지경에 이르렀을까요? 짝 없는 난새가 거울을 보면서 짝을 부르는 것보다 뭇 새가 함께 굶어 죽는 것이 더 못한 일입니다. 어려우면 버리고 편안할 때 같이하고자 하는 것은 인정상 차마 못할 일이지만, 나아가고 그치는 것이 사람의 뜻대로 되는 것이 아니며 헤어짐과 만남에도 운수가 있는 것 아니겠습니까? 바라건대 우리 서로 그만 헤어지는 것이 좋겠습니다.”

조신이 이 말을 듣고 크게 기뻐하면서 서로 아이 둘씩을 데리고 헤어지자고 했다. 그러자 아내가 말했다.

“나는 고향으로 가겠으니 그대는 남녘으로 가십시오.”

그렇게 하여 조신이 막 길을 떠나려고 하는데 꿈에서 깼다. 가물거리는 등불은 어스름한데 밤기운이 깊었다.

아침이 되어 보니 조신의 수염과 머리털이 모두 세어 있고, 느닷없이 이 세상에 뜻이 없어졌다. 인생의 괴로움이 싫어지고 일생의 쓰라림에 싫증이 나서 탐욕스런 마음이 얼음처럼 녹아 버렸다. 조신은 부처님 얼굴을 뵈옵기 부끄러워져서 뉘우칠 수밖에 없었다.

조신이 명주로 돌아와서 해현령에 묻은 아이를 파 보니 돌미륵이었다. 이를 물로 닦아 가까운 절에 모시고 서라벌로 돌아가 논밭 관리하는 직책도 벗었다. 그러고는 가진 재물을 팔아서 정토사를 세우고 부지런히 업보를 닦았다. 조신이 뒤에 어떻게 죽었는지는 알 수가 없다.

– 《삼국유사》 권 셋, 〈탑상〉 넷, 낙산이대성 관음 정취 조신

• **돌미륵** 돌로 쪼고 새겨 만든 미륵불.
• **업보**(業報) 전생에 지은 나쁜 짓으로 인해 지금 세상에 받게 되는 불행이나 죗값.

검은 여우 귀신과
사귄 스님

원광법사는 본디 성이 설씨이며 서라벌 사람이다. 처음에 중이 되려고 불법을 배웠는데, 서른 살 무렵에 조용한 곳에서 도를 닦고 싶어 안강 서남녘에 있는 삼기산에 들어가 홀로 살았다.

그런데 네 해가 지났을 때 한 비구가 삼기산에 들어와서는 원광법사와 멀지 않은 곳에 살면서 절을 한 채 지었다. 비구는 몹시 거친 성품에, 주문을 외워 술법하는 것을 좋아해 그것을 연마했다. 그렇게 두 해가 지났을 무렵이었다.

원광법사가 밤에 홀로 앉아 불경을 외우고 있는데, 갑자기 귀신 소리가 들리더니 원광법사의 이름을 부르며 말했다.

"좋을시고, 좋을시고. 마음을 닦는 그대여. 닦는 사람은 많아도 올바른 사람은 적도다. 이웃 비구를 보게. 주술을 닦으나 얻는 바는 없을 터, 시끄러운 소리로 남의 고요한 마음이나 흔들겠지. 게다가 내가 다니는 길을 가로막고 앉아 있으니 오고 갈 때마다 모진 마음이 일어나네. 그대는 비구에게 일러 나를 위해 절을 옮기도록 하라. 만약 계속 머무르고 있으면 내가 나쁜 죄악을 저지를지 모르니 두렵도다."

원광법사는 날이 밝자 비구에게 찾아가 이 일을 알려 주며 말했다.

"어젯밤에 귀신이 찾아와 말하는 것을 들어 보니 아무래도 당신이 집을 옮기는 것이 좋을 듯하오. 그러지 않으면 무슨 화를 입을지 모르니 두렵소."

그러자 비구가 대답했다.

"수행이 높은 사람도 마귀에게 홀리는가. 법사는 어찌하여 한갓 여우 귀신의 말을 듣고 두려워하는가?"

그날 밤에 귀신이 다시 와서 말했다.

"내가 부탁한 일을 알렸더니 비구가 뭐라고 대답하던가?"

법사는 귀신의 화를 돋울까 두려워서 어물어물 말했다.

"아직 할 말을 다하지 못했소. 다시 힘주어 말하면 말을 들을 것이오."

그러자 귀신이 말했다.

"내가 이미 다 들었소. 무엇 때문에 굳이 말을 보태려 하는 것이오? 이제 그만 입을 다물고 내가 하는 일을 가만히 지켜보기나 하시오."

귀신은 작별 인사를 하고 돌아가 버렸다.

한밤중이 되자 어디선가 벼락 치는 소리가 들렸다. 원광법사가 날이 밝자마자 나가서 바라보니 뫼가 무너져 비구가 머물던 절을 묻어 버렸다. 그러고는 귀신이 또 와서 말했다.

"보시니 어떠하오?"

"참으로 놀랍고 무섭소."

원광법사가 대답하자 귀신이 말했다.

"내 나이 이제 삼천 살에 가까워 신술이 가장 무르익었다. 아주 작은 이쯤 일에 어찌 그리 놀란단 말인가. 나는 앞으로 일어날 일도 다 알고 있으며, 하늘 아래 모든 일을 꿰뚫어 보고 있다. 내 생각에 당신이 이곳에만 머물러 있으면 스스로 길을 닦는 데는 도움이 되겠으나 남의 공덕을 쌓는 데는 도움을 주지 못할 것이다. 당장에 높은 이름을 떨치지도 못할 뿐 아니라 앞날에 빛나는 열매를 거두지도 못할 것이다. 어찌하여 중국으로 가서 불법을 구해 이 나라의 어리석은 무리를 이끌 생각을 하지 않느냐?"

그러자 원광법사가 대답했다.

"참으로 중국에 가서 부처님 길을 배우고 싶지만 바다와 뭍이 멀리 막혀 있어 스스로 뚫지 못할 뿐입니다."

귀신은 원광법사에게 중국으로 건너가서 수행할 수 있는 길을 자세하게 가르쳐 주었다. 귀신의 가르침을 따라 중국으로 건너간 법사는 열한 해를 머물면서 불교의 경장과 율장과 논장을 모두 익히고, 유교의 가르침까지 함께 배웠다.

원광법사는 신라로 돌아올 길을 찾고 있다가 진평임금 이십이 년인 경신년(600)에 마침 중국에 갔다 귀국하는 사신 일행에 끼어 함께 돌아왔다. 그러고는 귀신에게 고맙다는 인사를 하고 싶어 지난날 살던 삼기산 절로 찾아갔다. 그러자 밤중에 귀신이 찾아와서 법사의 이름을 부르며 말했다.

"바다와 뭍으로 가고 오는 길이 어떠했는가?"

원광법사가 대답했다.

"당신의 큰 은혜를 입어 평안히 돌아왔소이다."

귀신이 다시 말했다.

"나 또한 그대에게 계율을 주고자 한다."

이렇게 해서 둘은 윤회의 모든 삶에서 서로를 건져 주기로 약속했다. 원광법사는 청을 덧붙였다.

"당신의 참모습을 한번 보고 싶습니다."

귀신이 대답했다.

"당신이 정말 내 모습을 보고 싶다면 아침 해가 솟을 때에 동트는 하늘가를 바라보아라."

이튿날 원광법사가 아침 하늘을 바라보니 커다란 팔뚝이 구름을 뚫고 하늘가에 닿아 있었다. 그날 밤에 귀신이 또 찾아와서 물었다.

"법사는 내 팔뚝을 보았는가?"

법사가 대답했다.

• **경장(經藏)** 석가모니의 설법을 모은 문서.
• **율장(律藏)** 불자들이 지켜야 할 계율을 모은 문서.
• **논장(論藏)** 교리를 연구한 자료를 모은 문서.
• **윤회(輪廻)** 수레바퀴가 끊임없이 구르는 것과 같이, 중생이 번뇌와 업에 의해 생사 세계를 그치지 아니하고 돌고 도는 일.

"잘 보았는데 몹시 기이하고 놀라웠습니다."

그 뒤로 세상에 비장산(팔뚝처럼 긴 뫼)이라는 이름이 생겼다. 귀신이 또 말했다.

"몸을 지니고 있어 무상함을 벗어날 수 없도다. 머지않아 내 몸을 그 고개에 버리고자 하니, 와서 멀리 떠나는 넋을 보내 주기 바란다."

약속한 날을 기다려 원광법사가 찾아가 보니 옻빛처럼 새까만 늙은 여우 한 마리가 헐떡이며 숨을 쉬지 못하더니 이윽고 죽었다.

원광법사가 중국에서 돌아온 다음부터 신라 조정의 임금과 신하가 모두 그를 존경하며 스승으로 모셨다. 원광법사는 언제나 대승 경전을 가르쳤다.

이즈음 고구려와 백제가 늘 신라의 국경을 침범해 왔다. 임금은 몹시 걱정스러워 당나라 군사를 청하고 싶어 했다. 이에 원광법사가 군사 청하는 글을 지어 보냈더니 중국 황제가 읽어 보고는 몸소 삼십만 군사를 거느려 고구려에 쳐들어왔다. 이로부터 원광법사가 유학에도 능통하다는 사실이 세상에 알려졌다. 원광법사는 여든네 살까지 살다가 세상을 떠났으며, 명활성 서녘에 묻혔다.

– 《삼국유사》 권 넷, 〈의해〉 다섯, 원광 서학

● 대승 경전 불교의 한 갈래인 대승불교에서 중요한 경전으로,
《화엄경》·《법화경》·《반야경》·《무량수경》 등을 말한다.

참모습을
감추고 사는 혜숙

혜숙이라는 중은 호세랑이라는 화랑의 무리에 섞여 빛을 감추고 지냈다. 그러다 호세랑이 화랑에서 물러나자 혜숙도 안강 적선촌에 들어가 스무 해를 숨어 살았다.

어느 날 국선인 구참공이 적선촌 근처에 와서 하루 동안 사냥을 했다. 그때 혜숙이 길가에 나가 말고삐를 잡고 구참공에게 청했다.

"어리석은 중이 공을 모시고 따라가고자 하니 어떠합니까?"

구참공이 그러라고 하자 혜숙이 이리 뛰고 저리 뛰며 옷을 벗어젖히고 앞다투어 가니 공이 매우 기뻐했다.

그렇게 얼마를 가다가 피로를 풀기 위해 앉아 쉬는 자리가 있었다. 고기를 굽고 찢어 서로들 먹이고 먹는데, 혜숙도 같이 먹으며 조금도 싫어하는 기색이 없었다. 조금 지나자 혜숙이 구참공 앞으로 나아가

앉으며 말했다.

"맛나고 싱싱한 고기가 있으니 좀 더 드리면 어떠시겠습니까?"

구참공이 좋다고 하자 혜숙이 사람을 물리치고 제 허벅지 살을 베어 소반에 올려놓았다. 옷에 붉은 피가 흥건하자 구참공이 깜짝 놀라 소리를 질렀다.

"무슨 짓이냐?"

그러자 혜숙이 대답했다.

"처음에 당신을 어진 사람으로 보았고, 당신이 능히 스스로를 열고 사물에까지 어우러질 수 있으리라 생각해서 따라왔다. 그런데 당신은 오직 목숨 죽이는 것을 좋아하고, 남을 해롭게 하여 스스로를 살찌울 뿐이니 어찌 어질고 훌륭하다 하겠는가? 내가 함께할 무리가 아니다."

혜숙은 말을 마치자마자 바로 옷을 떨치며 가 버렸다. 구참공이 몹시 부끄러워하며 혜숙이 고기 먹던 자리를 살펴보니 소반에 올려놓은 고기가 고스란히 남아 있었다. 너무도 이상한 일인지라 조정에 돌아와서 임금께 그대로 아뢰었다.

진평임금이 이야기를 듣고 사람을 보내 혜숙을 데려오게 했다. 신하가 집으로 찾아갔더니 혜숙이 여인의 침상에 누워 자고 있었다. 이 모습을 더럽게 여기고 칠팔 리를 돌아오는데 길에 혜숙스님이 나타났다. 신하가 엉겁결에 물었다.

"어디를 갔다가 오십니까?"

"성안에 사는 단골집에 칠일재를 올리러 갔다가 끝마치고 오는 길이다."

혜숙이 대답하고는 아무 일도 없었다는 듯이 지나가자 신하가 보고 들은 그대로 임금께 아뢰었다. 조정에서 다시 사람을 시켜 단골집이라는 곳에 찾아가 알아보니 사실이었다.

그러고 얼마 지나지 않아 혜숙이 갑자기 세상을 떠나 마을 사람들이 이현 동녘에다 장사를 지냈다. 바로 그때 이현 서녘에 다녀오던 마을 사람이 길에서 혜숙을 만났다. 그는 혜숙에게 어디를 가느냐고 물었다.

"여기서 오래 살았으므로 다른 곳으로 유람을 가는 것이다."

마을 사람이 인사하고 헤어져서는 반 리도 못 와서 돌아보니 혜숙이 구름을 타고 하늘로 올라가고 있었다. 그러고는 고개를 넘어 동녘에 이르러 보니 장사 지내는 사람들이 아직 흩어지지 않은 채였다.

그가 사람들에게 길에서 스님을 만나고 헤어진 사실을 그대로 말하면서 무덤을 헤쳐 보자고 했다. 그랬더니 과연 짚신 한 짝만 묻혀 있을 뿐이었다. 안강현 북녘에 가면 혜숙사가 있으니, 혜숙스님이 살던 곳이며 또 그 부도도 있다.

– 《삼국유사》 권 넷, 〈의해〉 다섯, 이혜 동진

● **칠일재(七日齋)** 사람이 죽은 지 7일이 되는 날에 부처 앞에 드리는 불공.
● **부도(浮屠)** 스님의 사리를 모셔 둔 탑. 스님의 무덤이다.

드난살이 아낙의
아들 혜공

혜공이라는 중은 천진공 집에 드난살이하던 아낙네의 아들인데, 어릴 때 이름은 우조였다. 천진공이 일찍이 종기가 나서 앓다가 죽을 지경이 되자 문병하러 오는 사람들이 길을 메울 지경으로 많았다. 이때 일곱 살이던 우조가 어머니께 물었다.

"집에 무슨 일이 있기에 손님이 이렇게도 많습니까?"

"집안 어르신이 위독하거늘 어찌 너는 그것도 모르느냐?"

어머니가 나무라자 우조가 혼잣소리하듯 말했다.

"제가 고칠 수 있습니다."

어머니는 이상히 여기면서도 혹시나 하여 주인어른에게 그대로 알

• **드난살이** 임시로 남의 집 행랑에 붙어 지내며 그 집의 일을 도와주며 사는 것.

려 드렸다. 천진공이 그 말을 듣더니 아이를 불러오라고 했다. 우조가 불려 와서 침상 아래 가만히 앉아 한마디 말도 하지 않았는데, 조금 있다가 천진공의 종기가 터졌다. 천진공은 우연한 일이려니 생각하고는 이상히 여기지 않았다.

우조는 자라서 천진공의 매를 기르는 일을 했는데 주인의 뜻에 아주 잘 맞았다. 천진공의 아우가 벼슬을 얻어 먼 시골로 떠날 때였다. 그는 형님에게 좋은 매를 골라 달라 청해서 부임하는 관청으로 가져갔다. 어느 날 저녁 무렵, 천진공이 갑자기 그 매가 보고 싶어져서 날이 밝으면 우조를 보내 가져오게 하리라 마음먹었다. 그런데 우조가 이를 미리 알고 잠깐 사이에 매를 가져다가 새벽에 천진공에게 바쳤다. 천진공이 이를 보고는 크게 놀라며 그제야 지난날 종기를 고친 일은 물론, 여러 가지 일이 우연이 아니었다는 사실을 깨달았다. 또한 자신이 우조에게 헤아릴 수 없는 잘못을 저지른 줄도 뒤늦게 알았다.

"지극히 거룩한 분이 우리 집에 의탁해 계신 줄 모르고 미친 소리와 무례한 짓으로 욕을 보였으니 그 죄를 무엇으로 씻겠습니까? 이제부터는 스승이 되시어 저를 이끌어 주십시오."

천진공은 마당으로 내려가 우조에게 절하며 빌었다. 우조의 신령한 모습이 이처럼 드러나, 마침내 출가하고 이름을 바꿔 혜공이라 했다.

혜공은 조그마한 절에 살면서 미친 듯이 술을 마셨다. 그는 늘 취한 채 삼태기를 짊어지고 거리로 나와 노래하고 춤추며 다녔다. 그래서

• **출가(出家)** 번뇌에 얽매인 세속의 인연을 버리고 성자의 수행 생활에 들어가는 것.

사람들은 혜공을 부궤화상이라 불렀다. 또 그가 있는 절을 부개사라 했는데, 부개란 삼태기의 시골말이다.

혜공은 가끔 절에 있는 우물 속에 들어가서 두어 달씩 나오지 않았다. 그래서 우물에도 스님의 이름이 붙었다. 혜공이 우물에서 나올 때마다 푸른 옷을 입은 아기가 먼저 솟아 나왔으므로 절의 중들이 이를 보고 혜공이 나올 줄을 알고 기다렸다. 그리고 막상 우물에서 나왔는데도 옷이 젖어 있지 않았다.

늘그막에 혜공은 영일 항사사에 가서 있었다. 그때 원효가 그곳에서 여러 불경을 풀이해 쓰고 있었는데, 자주 혜공을 찾아가서 묻고 서로 희롱하며 놀았다. 하루는 두 사람이 냇가에 나가 물고기를 잡아먹고 돌 위에 똥을 눴다. 그러고는 혜공스님이 원효의 똥을 손가락으로 가리키며 말했다.

"네 똥이 내 고기다."

그 뒤로 이들이 머문 절을 오어사(내 고기 절)라고 했다. 어떤 사람들은 이것을 원효선사가 한 말로 알고 있지만 잘못된 것이다. 시골 사람들이 잘못 알고 이 시냇물을 '모이내'라고 불렀다.

어느 때에는 구참공이 등산을 하다가 혜공스님이 산길 가운데 죽어 넘어져 있는 것을 보았다. 혜공의 주검이 부어터지고 구더기가 끓고

---

* **삼태기** 흙이나 쓰레기, 거름 따위를 담아 나르는 데 쓰는 기구.
* **부궤화상** 삼태기 지는 큰스님.
* **네 똥이 내 고기다** '내가 잡은 물고기를 네가 먹더니 이렇게 똥이 되었구나!' 하는 뜻이다.

있는 것을 본 구참공은 오랫동안 슬퍼했다. 그런데 성안으로 돌아오는 길에 혜공스님이 저잣거리에서 술에 취해 노래하고 춤추는 모습을 보았다.

혜공은 또 어느 날에는 풀로 새끼를 꼬아 가지고 영묘사에 들어갔다. 그러고는 새끼줄을 금당과 좌우 경루, 남문 낭무에 둘러맨 뒤 사흘이 지나서 풀라고 관리인에게 일렀다. 사람들은 이상히 여기면서도 혜공이 시키는 대로 했다. 과연 사흘 만에 선덕임금이 절에 오자 지귀의 마음에 불이 일어나 탑을 태웠으나 오직 새끼줄 맨 곳만은 불에 타 없어지지 않았다.

한번은 신인조사 명랑이 금강사를 새로 짓고 낙성회를 베풀었다. 이에 높은 스님들이 모두 금강사로 모였으나 오직 혜공스님만은 오지 않았다. 그런데 명랑이 향을 피우고 정성껏 기도했더니 얼마 있지 않아 혜공스님이 도착했다. 마침 큰비가 내리고 있었는데 스님의 옷은 젖지 않았고 발에도 진흙이 묻어 있지 않았다. 혜공스님은 명랑에게만 가만히 말했다.

"은근히 부르기에 왔노라."

• **금당(金堂)** 대웅전.
• **경루(經樓)** 불경을 쌓아 둔 다락집.
• **낭무(廊廡)** 정문 양편으로 벌려 있는 골마루.
• **선덕~태웠으나** 활리역 사람 지귀가 선덕임금의 아름다움에 사로잡혀 마음의 불이 일어나 영묘사 탑을 태웠다는 이야기는 권문해(1534~1591)의 《대동운부군옥》에 '심화요탑(마음 불이 탑을 태움)'으로 실려 있다. 본디 《신라수이전》에 실렸던 것이나 그 책은 지금 찾을 수가 없다.
• **신인조사(神印祖師)** 불교 신인종(神印宗)을 처음 일으킨 스님.

이처럼 혜공스님은 신령스러운 행적을 많이 남겼다.
하지만 죽을 때에는 공중에 떠 있어서 사리의 수는
알 수가 없다.

－《삼국유사》 권 넷, 〈의해〉 다섯, 이혜 동진

• **사리**(舍利) 석가모니나 성자의 유골. 후세에는 화장한 뒤에 나오는
구슬 모양의 것만 이른다.

하룻밤에 **나라** **스승**이 된 정수

신라 마흔째 임금인 애장임금 시절에 있었던 이야기다. 정수라는 스님이 황룡사에 임시로 살고 있었다. 어느 겨울, 눈이 많이 오는 날이었다. 정수스님이 삼랑사에 갔다가 돌아오는 길에 천엄사 대문 밖을 지나는데 날이 이미 저물어 있었다. 그런데 어떤 거지 여인이 애를 낳고 누워서 추위에 얼어 거의 죽어 가고 있었다. 스님이 살펴보다가 불쌍한 마음이 들어, 다가가 여인을 끌어안고 오랫동안 가만히 있었다. 한참 만에 여인이 눈을 뜨며 살아났다. 정수스님은 옷을 모두 벗어 여인에게 덮어 주었다. 그리고 자신은 발가벗은 채로 황룡사로 달려와서 이엉 풀로 몸을 간신히 덮고 밤을 넘기고 있었다.

그런데 한밤중에 궁궐 마당에서 하늘이 노래하는 소리가 들렸다. 사람들이 놀라서 들어 보니 이런 말이었다.

황룡사의 중 정수를 마땅히 왕사로 책봉하라.

　임금이 서둘러 사람을 황룡사로 보내면서 무슨 일이 있었는지 알아
오라고 일렀다. 신하가 정수스님에게 일어난 일을 모두 알아 와서 임
금께 아뢰었다. 임금은 이를 듣고는 위의를 갖춰 정수스님을 궁궐로
모셔 온 뒤 국사로 책봉했다.

－《삼국유사》권 다섯, 〈감통〉 일곱, 정수사 구빙녀

● 왕사(王師) 임금의 스승.
● 국사(國師) 통일 신라, 고려, 조선 전기의 법계 가운데 가장 높은 등급으로,
　나라의 스승이 될 만한 승려에게 내리던 칭호.

여덟…
효자 효녀
이야
기

불국사와
석굴암을 세운 대성

서라벌 모량리에 경조라는 가난한 여인이 아들 하나를 키우며 살고 있었다. 아들은 머리가 크고 이마가 반반한 것이, 성처럼 생겼다고 해서 사람들이 대성(큰 성)이라 불렀다. 대성의 어머니는 집이 너무 가난해 아들을 키우기가 어려워지자 복안이라는 부자의 집에 가서 품팔이를 했다. 복안은 대성과 그 어머니에게 밭 여러 마지기를 나누어 주면서 입고 먹는 것에는 시달리지 않도록 해 주었다.

한번은 덕망 높기로 소문난 점개라는 스님이 흥륜사에서 육륜회를 베풀기 위해 복안의 집에 와서 시주하기를 빌었다. 복안이 선뜻 베 쉰

• **육륜회**(六輪會) 중생이 눈, 귀, 코, 혀, 몸, 마음의 여섯 가지로 지은 죄를 뉘우치고 예불과 기도로 좋은 삶을 살도록 다짐하는 법회.
• **시주**(施主) 자비심으로 조건 없이 절이나 승려에게 물건을 베풀어 주는 일.

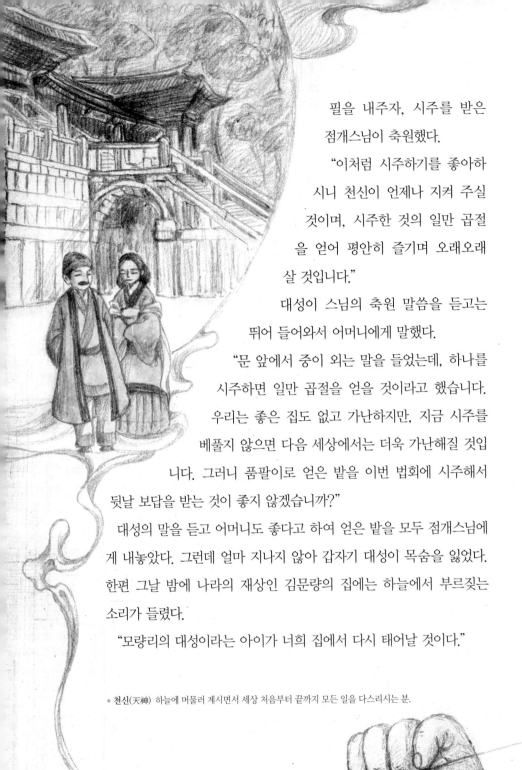

필을 내주자, 시주를 받은 점개스님이 축원했다.

"이처럼 시주하기를 좋아하시니 천신이 언제나 지켜 주실 것이며, 시주한 것의 일만 곱절을 얻어 평안히 즐기며 오래오래 살 것입니다."

대성이 스님의 축원 말씀을 듣고는 뛰어 들어와서 어머니에게 말했다.

"문 앞에서 중이 외는 말을 들었는데, 하나를 시주하면 일만 곱절을 얻을 것이라고 했습니다. 우리는 좋은 집도 없고 가난하지만, 지금 시주를 베풀지 않으면 다음 세상에서는 더욱 가난해질 것입니다. 그러니 품팔이로 얻은 밭을 이번 법회에 시주해서 뒷날 보답을 받는 것이 좋지 않겠습니까?"

대성의 말을 듣고 어머니도 좋다고 하여 얻은 밭을 모두 점개스님에게 내놓았다. 그런데 얼마 지나지 않아 갑자기 대성이 목숨을 잃었다. 한편 그날 밤에 나라의 재상인 김문량의 집에는 하늘에서 부르짖는 소리가 들렸다.

"모량리의 대성이라는 아이가 너희 집에서 다시 태어날 것이다."

• 천신(天神) 하늘에 머물러 계시면서 세상 처음부터 끝까지 모든 일을 다스리시는 분.

집안사람들이 모두 놀라 모량리
로 달려가서 알아보았더니 과연 대
성이 죽어 있었다. 한편 김문량의
아내는 하늘의 부르짖음이 있던 바
로 그때 임신을 해서 달이 찬 뒤 아
들을 낳았다.

아기는 왼손 주먹을 꽉 쥐고 태어나서
는 이레가 되어서야 손을 폈는데, 주먹 안
에는 '대성'이라는 두 글자를 새긴 금빛 대
쪽이 있었다. 이에 아기 이름을 대성이라 하
고, 모량리에 사는, 죽은 대성의 어머니도 모셔
다 함께 아기를 길렀다.

대성은 자라서 사냥을 좋아했는데, 하루는 토함산에
올라가 곰 한 마리를 잡고 산 아래 마을에서 하룻밤을 보
냈다. 그런데 꿈에 곰이 귀신으로 나타나서 따지며 달려들었
다.

"무슨 까닭으로 나를 죽였느냐. 내가 반드시 다시 태어나 너를 잡아
먹을 것이다."

대성이 두려워하며 용서해 달라고 빌었더니 귀신이 물었다.

"나를 위해 절을 세워 줄 수 있겠는가?"

대성이 그리하겠다고 맹세하고 꿈에서 깼는데, 온몸에서 땀이 흘러
자리가 온통 젖어 있었다.

그 뒤로 대성은 다시는 사냥을 하지 않았고, 곰을 잡은 자리에 장수사를 세웠다. 그러면서 마음 깊이 믿음을 느끼며 굳건해졌다.

대성은 현세의 어버이를 위해 불국사를 세우고, 전생의 어버이를 위해 석불사(석굴암)를 세워서 신림과 표훈 두 거룩한 스님을 모셨다. 게다가 어버이들의 모습을 정성스럽게 그려서 모셔 놓고, 낳고 기른 은공을 갚고자 했다. 이처럼 한 몸으로 두 세상 어버이께 효도한 일은 옛적에도 찾아보기 어려우니, 어찌 착한 시주의 영험을 믿지 않겠는가.

그 뒤에 대성이 돌부처를 조각하면서 큰 돌 하나를 다듬어 감실 덮개를 만들려는 중이었다. 그런데 갑자기 큰 돌이 세 도막으로 깨져 버려서, 대성이 놀라고 안타까워 어쩔 줄을 몰랐다. 그러다가 어렴풋이 잠이 들었는데, 꿈속에서 천신이 내려와 감실 덮개를 온전하게 만들어 놓고 돌아갔다. 대성이 잠에서 깨어 보니 과연 감실 덮개가 꿈대로 되어 있었다.

대성은 곧장 남녘 고갯마루로 달려가서 향나무를 태워 그 향기를 천신에게 올렸다. 그 뒤로 이곳은 향령(향나무 태운 고갯마루)이라 불렸다. 불국사 구름다리와 돌탑에 새겨진 조각은 그 기술과 솜씨가 우리나라 여러 절 가운데서 으뜸이었다.

– 《삼국유사》 권 다섯, 〈효선〉 아홉, 대성효 이세부모 신문왕대

자식을 묻으려 한
손순 내외

손순은 모량리 사람으로 아버지의 이름은 학산이었다. 그는 아버지가
돌아가신 뒤로 아내와 함께 남의 집 품을 팔아서 먹거리를 얻어 늙은
어머니를 모셨다. 어머니의 이름은 운오였다.

　손순에게는 어린아이도 하나 있었는데 끼니때마다 할머니의 밥을
빼앗아 먹곤 했다. 손순이 어찌할 바를 몰라 하며 아내에게 말했다.

　"아이는 다시 얻을 수 있지만 어머니는 다시 얻을 수 없습니다. 아이
가 밥을 빼앗아 먹다 보니 어머니께서 너무도 굶주리고 계십니다. 아
이를 땅에 묻어 버리고 어머니의 배를 채워 드려야 하지 않겠습니까?"

　부부는 아이를 업고 취산 북녘 자락으로 갔다. 거기서 땅을 파는데
갑자기 돌로 만든 종이 나왔다. 참으로 이상한 일이었다. 내외가 놀라
고 기이하게 여기며 종을 수풀 나뭇가지에 걸어 놓고 두드려 보았더니

종소리가 은은하고 아주 사랑스러웠다. 아내가 손순에게 말했다.

"이처럼 기이한 종을 얻은 것은 틀림없이 이 아이의 복입니다. 아이를 묻어서는 안 될 것 같습니다."

남편도 그 말이 옳다고 생각해서, 종을 가지고서 아이를 업고 함께 집으로 돌아왔다. 종을 집 들보에 매달아 놓고 두드리니 그 소리를 대궐에서도 들었다. 흥덕임금도 종소리를 듣고 좌우 신하들에게 말했다.

"서녘 벌판에서 이상한 종소리가 들려온다. 소리의 맑고 은은함이 아주 남다르다. 서둘러 조사를 해 보아라."

임금이 보낸 사람이 손순의 집에 찾아와서 있었던 일을 모두 알아내고는 임금께 가서 아뢰었다. 그러자 임금이 이를 듣고 말했다.

"옛날 중국 한나라에 곽거라는 사람이 아들을 땅에 묻으려 할 적에 하늘이 금솥을 내려 주었다. 손순 또한 아이를 묻으려 했더니 땅에서 돌종이 솟아올랐다. 이들이 보여 준 앞날의 효성과 뒷날의 효성은 똑같이 길이길이 사람들의 거울이 될 것이다."

임금은 손순에게 집 한 채를 내리고 해마다 벼 쉰 섬을 주어 아름다운 효도를 높이 기리도록 했다.

– 《삼국유사》 권 다섯, 〈효선〉 아홉, 손순 매아 흥덕왕대

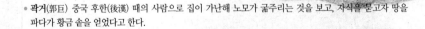

● 곽거(郭巨) 중국 후한(後漢) 때의 사람으로 집이 가난해 노모가 굶주리는 것을 보고, 자식을 묻고자 땅을 파다가 황금 솥을 얻었다고 한다.

눈먼 어머니의
외동딸

효종이라는 화랑이 남산 포석정에서 놀이판을 벌일 때였다. 무리들이
모두 늦지 않게 달려와 모였으나 오직 두 사람만이 뒤늦게 도착했다.
효종랑이 왜 늦었냐고 까닭을 묻자 두 사람이 대답했다.

"분황사 동녘 마을을 지나는데 스무 살 남짓한 처녀가 눈먼 어머니
를 껴안은 채로 울고 있었습니다. 마을 사람들에게 물었더니 모녀가
우는 이유를 알려 주었습니다.

'저 처녀는 너무 가난해서 동냥으로 몇 해 동안 어머니를 어렵게 모
셨습니다. 그런데 올해는 흉년이 들어 집에 있으면서는 도저히 생계
를 꾸릴 수가 없었습니다. 처녀는 생각 끝에 한 부잣집에서 품을 팔기
로 하고 곡식 서른 섬을 받아 그 집에 맡겨 두었습니다. 그리고 일을
해 주다가 날이 저물면 맡겨 둔 쌀을 집에 싸 와서 어머니 진지를 지

어 드렸습니다. 며칠 동안 어머니와 함께 자고 새벽이면 부잣집에 가서 해가 저물도록 일을 했지요.

그런데 하루는 그 어머니가 딸에게 묻더라는 것입니다. 예전에는 거친 음식을 먹어도 마음이 편안했는데, 요즘에는 좋은 음식을 먹는데도 속을 찌르는 것 같고 마음이 편치 않으니 어찌 된 일이냐고요. 딸이 거짓을 말할 수가 없어서 사실대로 말씀드렸더니 어머니가 너무 슬프게 소리 내어 우셨답니다. 울음소리를 들은 딸은 자기가 단지 어머니를 배부르게 해 드리는 일만 걱정한 나머지, 마음을 편안하게 해 드리지 못했다는 사실을 깨달았답니다. 이를 뉘우친 딸이 어머니를 끌어안고 함께 울고 있는 것입니다.'

저희는 처녀의 사연을 들으면서 모녀를 지켜보느라고 늦었습니다."

효종랑이 이야기를 듣고는 불쌍한 마음이 들어 곡식 일백 섬을 보내 주었다. 효종랑의 어버이도 옷을 한 벌 지어 보냈다. 효종랑의 무리 또한 모두 나서서 곡식 일천 섬을 거두어 주었다.

이 일이 궁궐에까지 알려지자 진성임금이 곡식 오백 섬과 집 한 채를 내렸으며, 병사를 보내 처녀의 집을 지켜 도적을 막아 주었다. 또 마을 앞에 붉은 문을 세워 효양리라고 불렀다.

- 《삼국유사》 권 다섯, 〈효선〉 아홉, 빈녀 양모

깊이 읽기

천년도 하루 같은 옛사람들 이야기

◉ 《삼국유사》는 어떤 책인가?

《삼국유사》는 고려 스물다섯째 충렬임금이 국존(온 나라 모든 사람이 우러르는 스님)으로 모신 일연스님이 지었습니다. 일연(1206~1289)은 경북 경산 삼성산 기슭에서 아버지 김 언필과 어머니 이씨 사이에서 태어났습니다. 일찍 아버지를 여의고 아홉 살에 집을 나와 해양(전남 광주라 하지만 이치에 맞지 않고, 경산에서 멀지 않은 경남 밀양 또는 경북 영해로 보는 주장이 이치에 맞으나 아직 확실한 기록을 찾지 못했다.) 무량사에서 공부하고, 열네 살에 진전 장로 대웅스님에게 구족계를 받아 가지산 선문의 스님이 되었습니다. 스물두 살에 승과(승려가 보는 과거 시험) 선불장에서 상상과(가장 높은 자리)에 합격하고, 서른두 살에 나라 임금이 내리는 삼중대사의 자리에 올랐습니다. 마흔한 살에 선사, 쉰네 살에 대선 사를 거쳐 마침내 일흔여덟 살에 국존(이때는 원나라의 간섭으로 '국사'란 말을 쓰지 못했다.)의 자리에 올랐으며, 1289년 7월 8일 경북 군위 화산 인각사에서 여든네 살로 열반에 들 었습니다.

이처럼 온전히 한 삶을 불교에 바친 일연의 삶과 《삼국유사》의 속살로 보아, 아마도 서른 해에 걸친 모진 몽골 침략 전쟁이 끝난 이듬해(1259) 쉰네 살로 대선사에 오르면 서 《삼국유사》를 써야겠다는 뜻을 세운 듯합니다. 쉰아홉 살(1264)에 오랜 인연이 쌓인 포산(현풍 비슬산)으로 돌아와 인홍사(仁弘寺, 뒷날 충렬임금이 '인홍사(仁興寺)'로 바꾸어 현판 글 씨를 내렸다.)에 머물면서 널리 자료를 모으고 간추려 《삼국유사》의 뼈대를 거의 세웠다 고 봅니다. 일흔두 살(1277)에 청도 운문산 운문사에 머물면서 편찬과 저술에 들어가 일흔여덟 살(1283) 국존에 오를 적에는 편찬 작업을 끝낸 것으로 보입니다. 저술은 모 두 일연의 손에서 이루어졌지만, 자료를 찾아 모으고 간추려 편목으로 가리고 가다듬는 여러 일에는 인홍사와 운문사를 중심으로 많은 제자의 도움을 받았습니다.

《삼국유사》는 일연스님이 지은 백여 권의 책 가운데 맨 마지막 작품입니다. 충렬임금 21년(1295) 인각사에 세운 《대각국사비명병서》를 보면 일연스님이 지은 책과 엮은 책 백여 권의 이름이 적혀 있습니다. 하지만 다섯 권으로 된 《삼국유사》의 이름은 거기 없습니다. 그때까지 책을 찍어 내지 못했기 때문이라는 짐작도 있고, 민지를 비롯해 비에 글을 쓴 사람들의 눈에 《삼국유사》의 값어치가 보잘것없어 보였다는 짐작도 있습니다.

사정이 이렇다 보니 《삼국유사》가 책으로 세상에 처음 알려진 때도 정확히 알 수 없습니다. 학자들 연구를 아울러 보면 일연이 국존에 오르던 충렬임금 9년(1283) 이전에 책의 원고는 마무리한 것으로 보입니다. 그러고는 만년에 인각사에서 지내며 종이에 쓴 접책(병풍처럼 접어서 펼치는 책)을 만들었지요. 그것을 제자 무극이 1313년 즈음에 두어 군데 손질해 처음 책으로 펴냈습니다. 조선조로 넘어와 태조 3년(1394)에 이를 다시 〈왕력〉과 〈기이〉를 묶은 한 책과 〈불교사〉 한 책, 이렇게 두 책으로 나누어 펴냈습니다. 그리고 중종 7년(1512)에 경주부윤 이계복이 〈왕력〉과 〈기이〉와 〈불교사〉를 묶어 한 책으로 펴낸 것을 지금 우리가 보고 있는 것이고, 1394년에 펴낸 책은 여태 나타나지 않던 〈왕력〉이 2014년 정월 보름에 나타나 이제부터 온전하게 볼 수 있게 되었으나, 1313년 즈음에 무극이 펴낸 책은 아직 나타나지 않아 보지 못했으므로 책의 짜임(권과 책)을 알지 못합니다.

일연은 《삼국유사》를 쓴 뜻을 밝히지 않았으나 책으로 그것을 헤아릴 수 있습니다. 우선 《삼국유사》라는 책 이름입니다. 여기서 '삼국(三國)'은 고구려·신라·백제가 아니라 거의 백오십 년 앞서 김부식이 지은 《삼국사기》의 준말로 보아야 합니다. 이것은 책의 본문(권 제일~권 제오)에서 고구려·백제를 신라와 나란히 다룬 대목이 전혀 없는 것으로도 쉽게 알 수 있습니다. 그리고 '유사(遺事)'는 '남긴 일, 잊은 일, 버린 일, 빠뜨린 일'이라는 말이니까 《삼국유사》는 《삼국사기》가 빠뜨린 일을 챙겨서 쓴 책이란 뜻입니다. 책 이름으로 책 쓴 뜻을 꽤 또렷하게 드러낸 셈입니다.

그리고 《삼국유사》 권 제일 〈기이〉 편 맨 앞에 〈기이〉를 싣는 까닭을 밝혔는데, 거기에 책을 쓴 뜻도 넌지시 드러나 있습니다.

> 옛날 거룩한 이는 예악으로 나라를 일으키고 인의로 가르침을 베풀며 야릇한 힘과 어지러운 신을 말하지 않았다. 그러나 황제와 임금이 일어날 때는 하늘의 부름과 그림이나 글을 받아서 반드시 여느 사람과 다른 다음에야 큰 기운을 타고 큰 그릇을 잡고 큰일을 이루었다. …… 그러니 삼국의 시조가 모두 신비하고 이상한 데서 났다는 것이 뭐가 괴하랴. 이 〈기이〉의 이야기로써 뒤따르는 여러 글의 조짐으로 삼은 뜻이 여기에 있다.

무엇보다도 마지막에 "〈기이〉의 이야기로써 뒤따르는 여러 글의 조짐으로 삼은 뜻"이란 〈기이〉 두 권으로써 〈흥법〉 뒤에 따르는 불교 이야기 세 권의 디딤돌로 삼고자 한다는 뜻입니다. '불교에는 눈으로 볼 수 없고 손으로 만질 수도 없는 기이한 일이 많은데 《삼국사기》를 쓴 김부식 같은 유학자는 이를 괴탄하다(괴이하고 거짓되다)고 역사로 보지 않았습니다. 그러나 여기 〈기이〉를 보면 우리 겨레의 옛 역사에도 이처럼 신비한 일이 많았으니 불교의 역사도 마땅히 참된 역사로 다루어야 합니다.' 이런 뜻으로 〈기이〉를 앞에 싣고 불교 역사를 뒤따라 실었다는 말입니다.

그런데 《삼국유사》를 읽은 사람들은 조선 왕조 내내 여느 역사책으로 보았습니다. 조선 초기 성종 때에 《동국통감》을 펴낸 서거정 같은 이들을 비롯하여 중종 7년(1512) 《삼국유사》를 새로 찍어낸 경주부윤 이계복은 '본사와 유사 양본'이라 하며 《삼국사기》와 가지런한 역사책으로 보았습니다. 그런데 왕조가 끝나고 서양 학문을 받아들인 요즘 사람들은 대답이 한결같지 않습니다. 《삼국유사》를 읽고 연구한 논문과 책이 이십일 세기를 들어설 즈음에 이미 이천을 헤아리고도 남았으니 그럴 만도 합니다. 이처럼 한결같지 않은 갖가지 대답을 학자들은 한마디로 '《삼국유사》는 신화학, 국문학, 민속학, 불교학 내지 역사학의 성전이다.' 또는 '《삼국유사》는 역사서이며 문학서이고 종교사이며 문화사다.' 이렇게 뭉뚱그리고 있습니다.

● 겨레 역사의 잃어버린 자취를 찾아 삼국이 일어나던 터전을 가다듬다

《삼국유사》의 큰 뼈대는 '〈왕력〉 제일'과 '권 제일 〈기이〉에서 권 제오까지'의 두 도막으로 나뉩니다. 앞 도막 '〈왕력〉 제일'은 '제이'도 없이 외톨이고 '권'으로 묶이지도 않았습니다. 한편, 뒤 도막 '권 제일 〈기이〉'에서 '권 제오'까지는 빈틈없이 속살이 가지런합니다. 그런데 뒤 도막은 '권'마다 달아 놓은 속살 이름(주제명)을 보면 다시 두 도막으로 나뉩니다. 권 제일과 권 제이는 속살 이름이 다같이 〈기이〉로서 하나의 도막으로 묶이고, 권 제삼 〈흥법〉·〈탑상〉과 권 제사 〈의해〉와 권 제오 〈신주〉·〈감통〉·〈피은〉·〈효선〉은 또 다른 도막으로 묶입니다. 앞 도막의 속살 이름이 '이상한 일을 적음(기이)'인 것과 달리 뒤 도막은 '불법이 일어나서(흥법)', '탑과 절을 세우고(탑상)', '불법의 뜻을 알아서(의해)', '신통한 힘을 부리고(신주)', '불법의 힘이 두루 통하니(감통)', '몸을 감추어 숨어들고(피은)', '어버이 모시고 착하게 산다(효선)'는 것입니다. 불교가 일어나서 마침내 온 나라 백성의 삶으로 퍼져든 흐름을 차례대로 다룬 뜻이 뚜렷합니다. 이래서 안정복(1712~1791)은 《동사강목》의 '채거서목'에서 '《삼국유사》는 불교가 우리나라에 들어온 흐름을 적었다.' 했으며, 조선 초기에는 《삼국유사》를 〈왕력〉과 〈기이〉만 묶어 한 책으로 펴내고, 권 제삼에서 권 제오까지를 묶어 또 다른 책으로 펴냈습니다.

일연이 《삼국유사》를 그런 뜻으로 썼더라도 〈기이〉 두 권을 뒤따르는 〈불교사〉의 디딤돌로만 여길 수는 없습니다. 〈기이〉 두 권 안에 더없이 보배로운 사실을 많이 담았기 때문입니다. 알다시피 〈기이〉 맨 앞에 실린 '고조선' 한 꼭지만으로도 값어치를 따질 수가 없습니다. 이 한 꼭지가 아니면 하늘나라 환인으로부터 환웅의 신시를 거쳐 환웅과 웅녀가 어우러져 나타난 단군왕검의 고조선 이천 년까지 기나긴 우리 역사를 어찌 알았겠습니까? 그뿐 아니라 〈기이〉는 신라 무열임금과 문무임금 사이, 곧 삼한 통일에 금을 그어 두 권으로 나누었습니다. 권 제일은 '신라시조 혁거세왕'으로부터 황산벌에서 백제와 싸우는 무열임금의 꿈에 나타난 '장춘랑·파랑'까지 싣고, 권 제이는 '문무왕 법민'에서 신라 마지막 임금인 '김부대왕'까지 실었습니다. 그런데 권 제일은 '신라시조 혁거세왕'에 앞서 고조선, 위만조선, 마한, 이부, 칠십이국, 낙랑국, 북대방, 남대방, 말갈·발해, 이서국, 오가야, 북부여, 동부여, 고구려, 변한·백제, 진한, 사절유택 같은 열일곱 꼭지의 글을 실었습니다. 삼국이 일어서기에 앞서 이루었던 겨레 역사의 잃어버린 자취를 찾아 삼국이 일어나던 터전을 가다듬은 셈입니다. 또한 권 제이도 '김부대왕' 다음에 남부여·전백제·북부여, 무왕, 후백제 견훤, 가락국기 같은 네 꼭지의 글을 덧붙였으니 백제의 뿌리에서 후백제와 가락국기까지를 싸잡아 실어 놓은 것입니다. '가락국기'는 본디 고려 문종 말년에 김해를 다스리던 금관지주사의 문인이 지은 것을 간추려 옮긴 것이지만 그 본디 글이 사라지고 없습니다. 이 한 꼭지가 아니면 가장 온전한 땅 서낭의 믿음으로 나라를 일으켜 삼국과 어깨를 나란히 하여 나라 안으로나 밖으로나 싸우지 않고 오백 년 역사를 이룩한 가락국을 영영 잃어버릴 뻔했습니다.

● 《삼국유사》와 《삼국사기》의 같은 점과 다른 점

《삼국유사》의 〈왕력〉과 《삼국사기》의 〈연표〉를 잠깐 견주어 볼까요? 〈왕력〉과 〈연표〉는 다 같이 임금이 나라 다스린 때를 보이는 자료라 서로 다를 것도 없지만, 그래서 오히려 조금만 달라도 눈에 띕니다. 먼저 서로 같은 점부터 보겠습니다. 첫째로 중국 왕조의 연표를 가늠자처럼 앞세워 놓았습니다. 이것은 이웃 중국이 우리 삼국과 인연이 깊어서 그랬다고 하겠지만, 뭐든 중국에 맞추어 따르고자 한 그 시절 고려 사람들 정신이 드러난 것이기도 합니다. 둘째로 신라 혁거세 거서간 즉위 원년에서 시작하고, 신라 경순임금이 나라를 고려에 넘긴 이듬해 후백제 견훤이 투항하여 고려 태조가 삼한을 통일한 데서 끝냈습니다. 이것은 고려가 신라를 온전히 이어받아 삼한 통일을 이루었다는 사실을 드러내려는 뜻입니다. 셋째는 고구려가 무너진 다음 곧장 고구려 사람들이 세워서 거의 신라가 무너지던 때까지 드넓은 만주 땅을 다스린 발해를 전혀 다루지 않았습니다. 이 또한 고려가 고조선의 본거지를 이어받은 고구려가 아니라 삼한을 이어받은 신라를 뿌리로 삼았다는 사실을 또렷하게 드러내는 것입니다. 이렇게 해서 두 책은 다 같이 뿌리 깊고 빛나는 우리의 고조선 요하 문명을 오늘날 중국이 저들의 뿌리로 끌어갈 빌미를 던져 준 셈이 되었습니다. 역사를 쓰는 사람들에게 뼈아픈 교훈을 주면서 참으로 안타까운 노릇입니다.

이제 서로 다른 점을 보겠습니다. 첫째로 〈연표〉는 서문이 있고 상·중·하로 나누었으나 〈왕력〉은 서문이 없고 나뉨도 없습니다. 〈연표〉는 서문에서 "해동에 나라가 있은 지 오래다. 기자가 주나라 왕실의 책봉을 받으면서부터 위만이 한나라 초에 분수없이 임금이라 하던 때까지 세월이 매우 오래지만 기록이 적어 자세히 알 수가 없다." 했습니다. 우리 겨레가 맨 처음 세운 나라를 환웅은커녕 단군의 고조선도 아니고 중국 기록에 적힌 기자와 위만을 들고 "나라가 있은 지 오래다." 했습니다. 둘째로 〈연표〉에는 자취도 없는데 〈왕력〉에는 가락국의 수로임금으로부터 열째 구형임금까지 사백아흔 해의 역사를 챙겨 놓았습니다. 셋째로 〈연표〉는 견훤이 세운 후백제의 이름은 쓰면서 궁예가 세운 후고구려의 이름은 쓰지 않았고, 〈왕력〉은 궁예의 후고(구)려와 견훤의 후백제를 나란히 썼습니다. 김부식은 고구려를 이어받자는 사람들의 뜻을 무력으로 꺾고 그런 뜻이 다시 일어나지 못하도록 《삼국사기》를 썼기 때문입니다. 신채호 선생은 이것을 우리 겨레 이천 년 역사에서 가장 큰 고비라고 했습니다. 넷째로 〈연표〉는 백제가 무너진 것을 "당나라 장수 소정방이 신라 사람과 더불어 의자왕을 쳐서 백제 서른한 임금에 육백일흔여덟 해를 없앴다."고 하고 고구려가 무너진 것을 "당나라 장수 이적의 군대가 신라 사람과 더불어 쳐서 무너뜨리고 임금을 잡아 돌아가 고씨 스물여덟 임금에 칠백다섯 해를 없앴다."고 했는데 〈왕력〉은 백제 마지막을 "나라 없어짐. 온조 계묘년에서 경신년까지 육백일흔여덟 해."라 하고 고구려 마지막을 "나라 없어짐. 동명 갑신년부터 무진년까지 모두 칠백다섯 해."라 했습니다. 일연은 백제와 고구려가 무너지는 것에 아무 말도 없이 짤막한 사실만 적었으나 김부식은 당나라 장수들이 임자가 되어 신라 사람을 데리고 두 나라를 무너뜨린 것처럼 적었습니다. 무엇보다도 "백제 서른한 임금에 육백일흔여덟 해를 없앴다."고 하고 "고씨 스물여덟 임금에 칠백다섯 해를 없앴다."고 하여 '고구려'라 할 자리에 '고씨'라 적었습니다. 이런 것들에서도 김부식과 일연이 우리 겨레의 역사를 얼마나 달리 보았는지 쉽게 짐작할 수 있습니다.

◉ 《삼국유사 이야기》, 이 책을 어떻게 읽으면 좋은가?

《삼국유사》에는 이야기가 많이 실렸습니다. 보기에 따라서는 〈왕력〉을 빼고 나머지 모두가 이야기라 할 수도 있을 것입니다. 이들 모든 이야기를 크게 두 갈래로 나눌 수 있습니다. 하나는 있었던 사실을 말하는 이야기고, 다른 하나는 있었던 사실에 있을 수 있는 사실도 섞어 말하는 이야기입니다. 이 책에는 있었던 사실만을 말하는 이야기는 버리고, 있었던 사실에 있을 수 있는 사실도 섞어 말하는 이야기만 가려서 실었습니다.

있었던 사실에 있을 수 있는 사실도 섞어 말하는 이야기에서 다시 두 가지 잣대로 가려 뽑았습니다. 하나는 짜임새로 보아 처음과 가운데와 끝마침을 제대로 갖추어 졸가리가 살아 있는 이야기입니다. 또 하나는 속살로 보아서 언제나 누구에게나 기쁨과 즐거움을 주고 상상력을 키우고 슬기를 깨우칠 만한 이야기입니다. 이 두 가지 잣대에 모두 어우러지는 이야기를 '말로써 피워낸 꽃', 곧 말꽃(말의 예술, 문학)이라 부릅니다. 이런 잣대로 가려 뽑혀 여기 실린 이야기가 모두 마흔 마리입니다.

가려 뽑힌 이야기 마흔 마리는 〈기이〉 권 제일에 열네 마리, 〈기이〉 권 제이에 열네 마리, 〈탑상〉에 두 마리, 〈의해〉에 다섯 마리, 〈감통〉에 두 마리, 〈효선〉에 세 마리, 이렇게 실려 있습니다. 그러니까 스물여덟 마리는 〈기이〉 두 권에 실려 있고, 나머지 열두 마리는 〈불교사〉 세 권에 실려 있습니다. 그리고 이들 이야기에서 여덟 마리를 빼고 나머지 서른두 마리는 모두 신라 이야기입니다. 신라 이야기 아닌 여덟 마리는 고조선, 부여, 고구려, 백제, 후백제 이야기가 한 마리씩이고, 나머지 세 마리는 가락국 이야기입니다. 일연이 《삼국유사》를 쓴 뜻을 알지만 고구려와 백제 이야기가 겨우 한 마리씩뿐이라 몹시 아쉽고 섭섭합니다. 또한 이들 이야기는 신라가 불교를 일으키며 당나라와 손잡고 백제와 고구려를 무너뜨려 이른바 삼한 통일을 이루던 7세기 때 것이 열네 마리로 가장 많습니다. 그리고 신라가 기울어지면서 불교가 여느 백성의 삶으로 파고들던 9세기 때 이야기가 여덟 마리, 삼국과 가락국이 처음 일어나던 1세기 때 이야기가 일곱 마리입니다. 신라의 처음과 끝자락 이야기가 둘째로 많은 셈입니다. 나머지 열한 마리는 기원 이전, 5세기, 8세기, 10세기 때 이야기가 두 마리씩이고, 2세기와 3세기와 6세기 때 이야기가 한 마리씩 실렸습니다. 그러니까 기원 이전의 고조선과 부여 이야기 두 마리를 빼고 나머지 서른여덟 마리는 모두 신라가 일어나던 1세기에서 신라가 무너지던 10세기 사이의 이야기입니다.

이야기 마흔 마리를 꿰뚫어 흐르는 하나의 목숨 줄 같은 바탕이 있습니다. 곧 우리 겨레의 뿌리입니다. 이야기란 곧 믿음이고 삶이고 꿈이기 때문에 우리 겨레의 이야기는 곧 우리 겨레의 믿음이고 삶이고 꿈이므로, 그 이야기의 목숨 줄은 곧 우리 겨레의 뿌리일 수밖에 없겠지요. 알다시피 우리 겨레는 멀리 남녘 따뜻한 곳에서 모든 목숨이 물 밑과 땅 밑에서 올라오는 것을 보고 믿으며 살던 사람들과 멀리 북녘 차가운 곳에서 모든 목숨이 하늘의 햇볕을 받아 살아나는 것을 보고 믿으며 살던 사람들이 한반도에서 만나 드넓은 만주 벌판까지 흩어져 살아옵니다. 북녘에서 내려온 사람들은 하늘의 해를 바라보며 스스로 하늘에서 내려온 하늘의 자손이라 믿었으며, 남녘에서 올라온 사람들은 땅과 물 밑을 생각하며 스스로 땅과 물에서 솟아난 땅의 자손이라 믿었습니다. 이처럼 서로 아주 다른 믿음과 꿈으로 살던 사람들이 이 땅에서 만나 하나로 어우러져서 마침내 하늘을 아버지로 땅을 어머니로 믿으며 살게 되었고, 스스로 하늘 아버지와 땅 어머니의 자손이라 믿으며 살아왔습니다.

더러는 뚜렷하고 더러는 흐릿하지만 여기 실린 마흔 마리 이야기는 모두 하늘과 땅의 자손이라는 믿음에 닿아 있습니다. 하늘에서 하느님의 아들로 태어난 환웅이 땅으로 내려와 햇빛 없는 굴에서 사람이 되어 나온 곰을 맞아 단군을 낳았다는 이야기는 가장 뚜렷하게 이런 믿음으로 이루어졌습니다. 여기서는 하늘의 아들인 환웅이 땅의 딸인 곰과 짝을 이루었지만 환웅이 임자처럼 일을 이끕니다. 한편 아홉 우두머리가 하늘의 소리를 듣고 구지봉 마루에 올라 하늘에서 드리워진 금빛 새끼줄 아래 땅을 팠더니 황금빛 알 여섯이 나왔고, 그 알은 하룻밤 사이에 여섯 아기로 탈바꿈했다는 이야기도 이런 믿음을 뚜렷하게 드러냅니다. 하지만 여기서는 하늘의 소리와 금빛 줄은 길잡이일 뿐이고 임자는 황금 알을 내놓은 열린 땅입니다. 북녘 믿음을 바탕으로 한 앞 이야기는 하늘 아버지가 임자고, 남녘 믿음을 바탕으로 한 뒷이야기는 땅 어머니가 임자라는 말입니다.

이런 두 갈래 이야기를 바탕으로 하여 여러 가지로 벌어지면서 짜임새와 속살이 얼마씩 다른 이야기들이 여기에 실렸습니다. 무엇보다도 갖가지 미르 이야기가 눈에 띄게 많습니다. 미르 임금을 남녘에서는 오래도록 물 밑에서 모든 목숨을 다스리는 서낭으로 믿었기 때문입니다. 신라는 불교 나라가 되고 나서 삼한을 통일했는데, 삼한은 본디 남녘 믿음의 터전이었고 불교 또한 남녘 믿음의 땅에서 일어났기 때문에 신라에서 물 밑 서낭인 미르에 얽힌 이야기를 많이 만나는 노릇은 자연스럽습니다.

뿌리가 그렇다지만, 여기 실린 이야기는 하나하나 모두 저마다 남다른 믿음과 삶과 꿈을 담고 있습니다. 거기 담긴 남다른 믿음과 삶과 꿈이란 모두 옛날 고조선과 삼한에서부터 고구려·신라·백제·가락국을 거쳐 고려까지 살아오신 우리 선조들의 믿음이며 삶이며 꿈입니다. 그러니 말할 나위도 없이 여기 실린 이야기 하나하나가 저마다 오늘 우리의 믿음이며 삶이며 꿈일 수도 있다는 뜻입니다. 그러므로 어느 이야기를 먼저 읽고 어느 이야기를 뒤에 읽어야 한다고 말할 수는 없습니다. 그저 자유롭게 마음에 드는 이야기를 만나 읽고 싶은 대로 읽어도 거기에 담긴 저마다의 믿음과 삶과 꿈을 만날 수 있을 것입니다. 그렇게 만난 믿음과 삶과 꿈으로 옛날 선조들과 오늘 우리들이 누구인지 더욱 깊이 헤아려 깨닫는 바가 있으면 좋겠습니다.

하지만 이야기의 속살을 살펴서 비슷한 것을 모아 무리를 지어 읽을 수도 있습니다.

이야기란 것이 자연에서 살아가는 온갖 목숨과 같아서 홀로 외따로 동떨어진 것은 없고 모두 서로 얽히고설키고 어우러져 무리를 이루면서 살아가기 때문입니다. 그거야 이야기를 만드는 사람이나 이야기에 담긴 사람의 삶이 또한 그러니까 그럴 수밖에 없다고 봅니다. 그래서 여기 실린 이야기를 크게 세 무리로 모아 보았습니다. 첫째는 나라 이야기, 둘째는 세상 이야기, 셋째는 삶 이야기입니다. 그러나 이 무리는 이야기의 속살을 살펴서 모은 것이라 코에 걸면 코걸이 귀에 걸면 귀고리가 됩니다. 읽기에 도움이 되도록 비슷한 속살을 지닌 이야기를 모았을 따름이라 무리 짓는 잣대의 가늠이 온전하다 우길 수 없다는 뜻입니다. 그러나 이렇게 세 무리를 지어 보니 거기 모인 이야기들이 다시 작은 무리로 갈라졌습니다. 나라 이야기에서 작은 무리 셋(나라 세운 이야기, 임금 된 이야기, 임금과 임금 아내 이야기), 세상 이야기에서 작은 무리 둘(미르 이야기, 신비로운 이야기), 삶 이야기에서 작은 무리 셋(충신 이야기, 스님 이야기, 효자 효녀 이야기), 이렇게 마흔 마리 이야기가 작은 무리 여덟로 갈라졌습니다. 그렇게 무리 지어 놓고 보니까 처음에는 걷잡을 수 없어 보이던 이야기들이 훨씬 뚜렷하게 저마다의 모습을 드러내는 듯합니다. 이제는 이야기를 무리에 따라 읽으면 속살을 한결 잘 더듬으며 맛볼 수 있으리라는 믿음이 생겼습니다.

끝으로, 여기 실린 이야기를 읽으시는 분들이 낯선 말을 만나면서 "이게 무슨 말이야?" 하며 언짢아하실까 두렵습니다. 이야기는 곧 삶이고, 《삼국유사 이야기》는 우리 겨레의 삶이지요. 우리 겨레의 삶은 우리말에 담아야 제대로 드러난다고 믿기 때문에 우리말을 찾아 쓰려고 마음을 썼습니다. 일본이 침략하여 온 나라에 보통학교를 세우고 서른다섯 해 동안 우리를 다스리면서 들어부었던 일본말이 나라를 되찾고 일흔 해가 되어도 온갖 사전과 책과 글 들에 가득히 실려서 우리말 행세를 합니다. 그래서 여러분도 그런 일본말은 낯이 익고 정작 우리말은 낯이 설게 되었습니다. 그러나 처음은 낯설더라도 자주 만나면 머잖아 낯익을 수 있으니, 그런 날이 하루빨리 오기를 빌겠습니다.

함께 읽기

내가 한 나라의 시조가 된다면?

● 《삼국유사》는 글로 적혀 내려오는 우리 겨레의 맨 처음 이야기를 담고 있습니다. 《삼국유사 이야기》를 읽으면서 특히 어떤 부분에서 우리 겨레의 자랑스러움을 느꼈는지 이야기해 봅시다.

● 이 책은 《삼국유사》가 담고 있는 수많은 이야기 가운데 마흔 마리만을 싣고 있습니다. 나머지 이야기들도 찾아서 읽어 봅시다.

● 《삼국유사》는 처음 나왔던 때에는 크게 인정받지 못했습니다. 이처럼 그 시대에는 인정받지 못했던 책이나 사람들의 사연을 알아봅시다.

● 《삼국유사》는 우리 겨레가 세운 나라들의 시조나 첫 임금의 신이한 탄생을 담은 시조 신화, 건국 신화 들을 담고 있습니다. 만약 내가 한 나라의 시조가 된다고 가정하고 탄생 신화를 만들어 봅시다.

● 우리 겨레의 역사 가운데 《삼국유사》에는 나오지 않는 나라 '발해'의 역사를 실은 책을 찾아서 읽어 봅시다.

● 《삼국유사》에 실린 열네 마리 신라 노래처럼 나쁜 것을 물리치고 좋은 것을 불러오는 노래를 손수 만들어 불러 봅시다.

참고 문헌

김부식, 《삼국사기》, 경인문화사, 1973.

김수업, 《배달말꽃, 갈래와 속살》, 지식산업사, 2002.

일연 지음, 리상호 옮김, 《사진과 함께 읽는 삼국유사》, 까치글방, 1999.

일연 지음, 이병도 역주, 《삼국유사》, 동국문화사, 1956.

국어시간에 고전읽기 **204**

삼국유사 이야기, 천년도 하루 같은 옛사람들 이야기

1판 1쇄 발행일 2007년 6월 11일
1판 6쇄 발행일 2023년 5월 15일

기획 전국국어교사모임
지은이 김수업
그린이 조정림

발행인 김학원
발행처 (주)휴머니스트출판그룹
출판등록 제313-2007-000007호(2007년 1월 5일)
주소 (03991) 서울시 마포구 동교로23길 76(연남동)
전화 02-335-4422 **팩스** 02-334-3427
저자·독자 서비스 humanist@humanistbooks.com
홈페이지 www.humanistbooks.com
유튜브 youtube.com/user/humanistma **포스트** post.naver.com/hmcv
페이스북 facebook.com/hmcv2001 **인스타그램** @humanist_insta

편집책임 문성환 **편집** 윤무재 **디자인** 김태형 유주현 림어소시에이션
스캔·출력 이희수 com. **용지** 화인페이퍼 **인쇄** 청아디앤피 **제본** 민성사

ⓒ 김수업·조정림, 2015

ISBN 978-89-5862-745-6 44810